海外小説 永遠の本棚

カッコウが鳴くあの一瞬

残雪

近藤直子＝訳

白水 u ブックス

布谷鳥叫的那一瞬間 by 残雪（Can Xue）
Copyright © 残雪（Can Xue）
1985, 1986, 1987, 1988, 1989, 1991
Japanese translation rights arranged with the author
through Tuttle-Mori Agency, Inc., Tokyo

カッコウが鳴くあの一瞬＊目次

カッコウが鳴くあの一瞬

阿梅（アーメイ）、ある太陽の日の愁い

先週の木曜からずっと大雨が降りつづいていた。けさ、雨は突然やんで、太陽がぎらぎら照りはじめ、庭一面のぬかるみからむんむんと臭気がたちのぼった。わたしは午前中いっぱい庭にいて、土の中から這(は)いだしてくるミミズを取りのけている。ミミズは太くて長く、鮮やかな桃色をしており、やたらに家の中に入ってくる。隣人はむこうの高塀の下で、あの穴を火かき棒でつついている。塀にあの穴が出現してからというもの、彼は毎日少しずつそれを広げている。夜、風が吹くと、わたしはこわくてたまらない。風があの穴からわが家に吹き込み、塀はギシギシ鳴って、今にもわたしたちの小さな家に倒れかかってきそうなのだ。夜、わたしはいつも、頭からすっぽりふとんを被り、ときには少しでも落ち着いて眠れるよう、その上にさらにトランクをいくつか載せることもある。大狗(ターコウ)は庭のあっちのすみで爆竹を鳴らしていた。木のほら穴に爆竹を挿し、でかい尻を突き出して火をつけている。彼は父親と同じで尻がでかい。

「こら！」わたしはいった、「どうして、ものに憑かれたみたいに、爆竹ばっかり鳴らしてるの！」

彼は灰色がかった白目をむいてぼんやりわたしを眺め、ちょっと鼻の穴をほじると、するりと庭から逃げていった。やがて裏のどこかでまた爆竹が大きな音で鳴り、心臓が早鐘を打った。わたしは家に入って引き出しの綿を探し、耳にしっかり栓をしてしまった。

わたしと大狗（ターコウ）の父親は八年前に結婚した。結婚前の五ヵ月、彼はしょっちゅう家にやってきた。来るが早いか台所に飛びこみ、母とこそこそ何かの相談をしているのだった。二人で中でしゃべったり、げらげら笑ったりしているうちに、食事の支度まで忘れることもしばしばだった。あのころ母は年じゅう例の真っ黒な前掛けをしめ、ときには朝起きても顔も洗わず、ニンニクみたいにむくんだ眼をしていた。だが彼が来るやいなや、母の眼はたちまち嬉しげにぎらぎら光り、むっちりした両手は真っ黒な前掛けをごしごしこすりはじめるのだった。老李（ラオリー）（あのころわたしは大狗（ターコウ）の父親を老李（ラオリー）とよんでいた。他のよび方を思いつかなかったからだ）は、ちびで、顔中に紫のにきびができていたが、顔立ちはまあ整っていた。ある日わたしが台所にものを取りにいくと、彼と母は寄り添って喜色満面でニンニクの皮をむいていた。だが、わたしが通りすがりに彼の服にかするると、彼はとたんにぎょっとしたように跳びのき、こわばった顔でいった。

「こんにちは！」

彼の声にわたしもぎょっとし、奥に駆けこんでものを取るなり、一目散に外へ逃げ出した。うしろで母が声高にいうのが聞こえた。

「あの娘ったら昔から、眼中に人なし、なのさ」

その後も彼は足しげくやってきた。母はそのたびに台所に引っぱりこみ、わたしがふいに入ってこないよう、かんぬきまで掛けた。それからふたりでしゃべるわ笑うわ、でたらめの限りをつくしたものだ。その七月、やはりこんな猛暑で、部屋中を小虫が這いまわっていたある日、彼はわたしに結婚を申しこんだ。あの日台所に水をくみにいくと、急に彼が入ってきて、こっそり出ていこうとするわたしに、なんと声をかけてきたのだ。

「おい、あんた、おれに何か文句あるかい？」

「………」

それから彼は、自分とすぐに結婚する気はないかと聞いた。顔は血の気が失せ、全身が苦しげに痙攣している。やがて彼は低い腰掛けを見つけてその上にすわった。腰掛けは黒ずんでべとつき、一本の脚のホゾがゆるんでいたため、ぐらぐらしていた。彼はあれこれ理由を並べてたてたが、要は、母が一軒の家をもっているということで、もしわたしと結婚すればこに住めるから、ほかに家を探さずにすむというのだ。わたしがぷっと吹き出すと、彼はたちまち真っ赤になった。

「なにがおかしいんだ？」彼は怒ったようにいうと、いかめしく顔をしかめた。

「だって、これから手紙を書きにいこうと思っていたのに、こんなところであなたの長ばなしを聞くはめになったんだもの」

「なんだ、そんなことか」彼はほっとため息をついた。

わたしたちが結婚したあの日、彼の紫のにきびはどす黒く怒張し、赤い鼻のあたまは蠟のように硬く光っていた。貧弱な身体はさも窮屈そうに新調の服に包まれ、見る者をうら悲しい気持ちにさせた。わたしは酢漬けきゅうり色の上下を着ていたが、どうもしっくりしなかった。母が台所で大声でだれかにしゃべっているのが聞こえた。

「あの娘なんて、あの人にはまるで釣り合わないよ。それを見初められるなんて、本当に運がいいこと。嫁になぞいけるはずがないと思ってたのに。でもわたしゃ、知ってるよ。あの人は決してあの娘が気にいったんじゃない。わたしらの、この家庭が気にいったのさ」

めでたい祝言の日だというのに、母は相変わらず真っ黒な前掛けをして髪もとかさず、口元から強烈なニンニクのにおいをぷんぷんさせている。わたしたちの婚礼は寒々したもので、祝い客はたった三人きり、彼らがしょんぼりとテーブルについている様子は、見るに忍びなかった。老李(ラオリー)はわけもなく興奮して飛んだり跳ねたりし、つづけざまに四つも五つも冗談をとばしたが、客たちはしかつめらしい顔をしたまま、いっこうに笑わなかった。あの日はどしゃぶりの雨だった。台所に料理を取りにいくと、窓からの雨しぶきが酢漬けきゅうり色の服にしみとおった。ガラス戸ごしに、泥棒がひとり庭に忍びこみ、軒下の木材の山から丸太を一本かついで、塀沿いにこそこそ逃げていくのが見えた。

結婚した翌日、老李(ラオリー)は部屋の片すみで金槌を手にトンカチやりはじめた。木材をどっさり運びこんだため、部屋は足の踏み場もないほどごたごたしている。

「なに作ってるの?」

わたしは、公園にいって手紙を書こうと思いながらたずねた(当時わたしには手紙を書く趣味があった)。

「中二階を作るのさ」彼はにこにこしていった。

その晩帰ってくると、家の一角にはもう中二階の部屋ができており、うすぎたない蚊帳(かや)まで吊ってあった。

「これからは、ここで寝るよ」彼は蚊帳の中からぼそぼそといった、「おれはひとり寝に慣れてるもんで、あんたといっしょだとどうも怖くて眠れないんだ。ここなら、いくらか落ち着いて眠れると思うよ。何か文句あるかい？」

わたしはもぞもぞと二言三言つぶやいて、返事をしたことにした。

彼はその中二階に三月ほど暮らしたあと、突然実家に引っ越していった。彼が出ていったことについて、母は終始沈黙を守っていた。彼とわたしが結婚して以来、ふたりの関係は明らかに冷えていた。母は二度といっしょに台所でおしゃべりしようとせず、彼のことを無駄飯食いの山師だといっていた。

「最初からあいつがこんな山師だとわかってりゃ、嫁になぞやらなかったものを」母は逢う人ごとにいった。

わたしには、老李（ラオリー）が家を出ていったという実感がまるでなく、相変わらず中二階の例のうす汚い蚊帳の中にいて、いつの日か、中から話しかけてくるように思えた。

こんな状況が、大狗（ターコウ）が生まれるまでずっと続いたのだ。

それまでも街を歩いている彼をよく見かけたものだが、紫のにきびもどうやら消え、だいぶ風采が上がっていた。以前のあのつんつるてんの服ではなく、ゆったりしたハーフコートをはおっている。あの浮き浮きした様子はまぎれもなく独り者のものだった。所帯もちの男はひと目でそれとわかる。背中が丸くしょぼくれていて、スカッとしたところがまるでないのだ。あのときわたしは思った、老李（ラオリー）は家を出たとたんに男前になったけれど、もし最初からわたしと結婚しなかったらどうなっていただろう、と。

大狗（ターコウ）が生まれると、彼はまたわが家への訪問を開始し、やって来るやいなや台所にもぐりこんだ。まもなく母があたふたと飛び出してきて、戸のすきまからわたしの部屋をのぞき、わたしが気づかぬふりをしていると、隣の部屋に駆けこんで大狗（ターコウ）を抱きあげて、台所に跳びこんでいく。

そしてしばらくすると台所から、また以前のようにげらげらと笑う声が聞こえてくるのだった。

こうした儀礼的な訪問が何年も続いた。

あるとき、わたしは外に手紙を出しにいこうとして、やってきた老李（ラオリー）と表門のところでばったり出くわした。彼は結婚前のあのとき同様、ぎょっとしたように跳びのき、こわばった顔で「こんにちは！」といった。わたしは気づかぬふりをして、顔を伏せて通りすぎた。

あのころ母はもう、以前彼に見せていたあの親密さを取りもどしていた。彼がやってくるとすぐさま大狗（ターコウ）を抱いて台所にいき、幾皿もごちそうを作ってやった。彼らはわたしにわからないように戸にしっかりとかんぬきを掛けてはいたが、それでも香ばしい匂いはこっちまで漂ってきて、ふたりがあんなに秘密めかしくやっているのがおかしかった。

大狗（ターコウ）が五つになったあの年から、老李（ラオリー）は二度と訪ねてこなくなった。どうやら母はそのせいで、ますますわたしを憎むようになったようだ。彼女は台所のすぐ隣の物置を片づけて、そこに住みこんだ。わたしから少しでも離れたかったのだろう。

大狗（ターコウ）という子供については、わたしは、存在さえあまり意識していない。まったく母の手ひとつで育てられたのだ。彼も背が低く小柄だが、大人になれば、あの顔にもやはり、紫のにきびができるのだろうか。小さいときからニンニクを生でかじる悪い癖がつき、いつも口がぷんぷん臭っている。以前、彼と母と老李（ラオリー）の三人が台所にこもって生ニンニクをかじっていたころは、よく母が大声で彼の食いっぷりをほめるのが聞こえたものだ。

「ひょっとしたら、将来この子は将軍になるかもしれないよ」

母はいつも知ったようなことをいいたがる。大狗（ターコウ）はわたしを「母さん」と呼んだことがない。父親と同じように「おい！」と呼ぶのだ。そうよばれるたびに、わたしはうろたえてしまう。心臓病をしょいこんだのも、そのせいかもしれない。

ここ三年来、老李からの音信はまったくなく、二度と街で見かけることもなくなった。思うに、もうすっかり、小粒だがやり手のいい男になって、さっそうと街を歩いているにちがいない。彼がわたしたちから離れていったのは、実に賢明な手だった。

太陽は物置のむこうに今にも沈もうとしている。母がまた中で咳をはじめた。こんな咳をするようになって、もう二ヵ月余りになる。おそらく彼女も自分が遠からずこの世を去ることを知っているのだろう。だから戸にしっかりとかんぬきを掛け、わたしに邪魔されないようにしているのだ。隣人は、あの塀の穴をまだつついている。もし今晩風が吹けば、あの塀はきっと倒れて、わたしたちの家を潰すだろう。

霧

霧が出てからというもの、まわりの物はみな長いうぶ毛を生やし、しかもひっきりなしに跳びはねるようになった。わたしは少しでも何かを見きわめようと一日じゅう眼を見ひらいているので、眼がいたくてたまらない。いたるところがこのいまいましい霧、寝室の中までいっぱいだ。濃い煙のように涌き入ってきて、朝から晩まで空間を占領し、壁をぐっしょり濡らす。日中はなんとか我慢できるものの、どうにも耐えられないのが夜だ。ふとんが水気を吸ってずしりと重く、硬くなり、そのうえジージーと音をたて、手をつっこんだだけでひやりとして身震いする。家じゅうしてどっと貯蔵室に押しかけると、そこではぎっしり積まれた濡れた麻袋が片すみの電気ストーブにあぶられ、もうもうと湯気をあげている。中に入るやいなや母が錠をかけ、みんなでそこで押しあいへしあいしながら朝まで汗を流しつづけるのだ。

「おれは黄色という色が大好きだ、食欲が大いに増進するからな」

父の首が宙に浮かんでしゃべりはじめる。そこには巨大な喉仏があって上下に動いており、その喉仏には黒い毛がちょぼっと生えている。父の股関節がパタッと鳴るのが聞こえ、痩せた尻がしゃなりくなりと霧の中に消えていく。

わが家は五人家族だ。毎日いっしょにごはんを食べ、テレビを見る、仲睦(むつ)まじい一家だった。ところがあの朝戸をあけると、太陽は薄青色に変わり、長いうぶ毛に包まれていた。なんと夜中に空前の濃霧が発生したのだ。家族の者たちは突然今までの形を失ってとらえどころのない影に変わり、しかもひとりひとりがおこりっぽく、偏屈になり、はては脳天気になった。たとえば母は、霧が出たあくる日にもう、家を出ていくと宣言した。耐えがたい生理的苦痛とやらのせいだという。母が出ていったあと、父の足は二本の棒きれに変わり、朝から晩までセメントの床の上でタッ、タッ、タッと音をたてた。父は口笛で例のはやり歌まで吹いた。ふたりの兄は気が触れて家じゅうをひっかきまわし、ベッドの下にもぐりこんで、公然と鼠を飼いはじめた。だがふたりは強いてそれを秘密にし、人に知られるのを恐れたので、わたしが目障りになり、一斉に吼えかかってきた。わたしは肝(きも)をつぶしてやむなく箪笥(たんす)の中に逃げこんだ。中は蒸し暑く、樟脳(しょうのう)のにおいが耐えがたかった。彼らが外でわめきちらしながら、ガラスをつぎつぎに割りまくっている音が聞こえる。わたしはふたりを気の毒に思った。どちらも重いくる病にかかり、二十いくつにもなって、まだ歩けないのだ。彼らが事故に遭わないよう、父はいつもふたりをいっしょに縄でしばってその端を自分の腰に結わえ、床の上をあちこち引きずっていたものだ。今こそふたりとも常になく、したい放題のことをしているが、内心やはり怖くてたまらないのだ。ガラスを割るのも気持ちを落ち着かせるためだ。

わたしはずっと母を探している。本当に家出をしたのではなく、どこか近くにひそんでいるのはわかっている。毎晩わたしたちが倉庫で汗を流しているとき、だれかが家に飛びこんでいって、残飯を平らげる音が聞こえるからだ。あるとき、食べすぎてつっぱったお腹をさすりながら、びしょ濡れの足を引きずって戸口までいくと、葡萄(ぶどう)のつるに色あせたリボンが蝶結びに結んであった。まるで灰色の鼠のように。

「あれはおまえが小さな女の子だったとき、母さんが髪を結ってやったリボンだ。なつかしい昔のことさ」

父が片目をぱちぱちさせながら木の足でタッタッと壁をつついていった。太陽は空中の水蒸気に溶け、新月みたいになっている。だれかが葡萄のつるの下を通りぬけて土の段を崩した。

「母さん？」

わたしはじっとりと濡れた袖をつかんだ。

「卵を探してるのさ。わたしは白いめんどりを二羽飼っていたけれど、それがあちこちで勝手に卵を産んでる。急にわかってきたよ、わたしは林の中で道に迷ったんだ。あそこには崖があって、山津波がもうじき襲ってくる」

母はわたしの手をふりほどき、ぼんやりと二本の腕をふりながら、そそくさと足音をひびかせていった。

母の服の中の肢体はふにゃふにゃして、なんだか手ごたえがなかった。もしかして、服の中はもぬけの空（から）だったりして。もしかして、わたしがつかんだのは母の服ではなかったりして。母がいっていたのはみな、わたしが忘れてしまったことだった。にわとりなどもう二十年も飼っていないのに、今さら何を気にしているのだろう。

服の中身は絶対に母ではなかった。確か母はでっぷり太っていたはずだし、いつも夜中に脂汗を流していた。あの脂汗を流さなかったら、本当に、どんな末路をたどっていたことだろう。

「おまえの母さんはな」父が口笛を吹きながらいった、「山のむこうでミミズを掘ってるんだぞ！　妄想狂の発作が出たのさ。あれを病んでもう二十何年になるんだが、結婚するときはぬけめなくおれに隠していた。この霧が引いたら、おれはちょっと旅に出てひと旗あげてくるからな。おれの頭は大もうけの手口でいっぱいで、そいつがひよこみたいにピヨピヨ鳴いてる。このままいけば、いずれ本当に中からひよこが育ってくるかもしらんて」

父は腰をかがめたまま、戸のむこうでしゃがんでは立ち、しゃがんでは立ちしている。頭部はよく見えない。

「父さん？」

「おれは銅器を探しあててやろうともくろんでるんだ。これも長年の宿願なんだが、ひょっとして、新たな出発がここから始まるかもしらん。おまえたち？　へっ、幾度になるだろう、おまえたちみんなに馬鹿にされて身のおきどころもなく、便所に隠れてひそかに泣いたことが。もう何十年になる。おれが自分の才と計画をちらりとほのめかしただけで、おまえらときたらヒステリーの大発作を起こしやがって、このにせ君子どもが」

母が槐（えんじゅ）の老木の下でころび、両眼が磁器のようにくるくる動いている。わたしは駆けよって、母のふわりと軽い痩せた身体を抱きおこし、その顔がしだいに青ざめていくのを見た。

「崖のほら穴のそばで、卵をひとつ見つけたよ、ほら」

わたしは、すいと伸びてきた空を握った細い手を見てぎょっとし、喉が締めつけられるような気がした。

「あのちらちらする白い影を追いかけてたら、疲れはてて胸が破れてしまったよ」

「この霧がわたしの眼をすっかりだめにしてしまったの。母さんが見えないわ」

「あの林の中に、人影がいくつかあるけど、それも見えないかい？」

「見えるわけないわ、無理よ。眼がすっかりやられてるんだもの」わたしはむっとして、にわとりの羽根の下のように温かい母の脇の下から腕を引きぬいた。その瞬間、母の肋骨が一本、カツァッと音をたてて折れた。

「たかが肋骨一本」母の青い顔に少し皺がより、木のむこうに消えた。

父はついに旅だつことになった。夜通し家の中でトンカチやって、明け方には巨大な木箱が出来あがっていた。父はしゅろ縄でそれをくくろうとしたが、縦にしても横にしてもうまくいかない。彼は頭にきて金槌で木箱をたたきこわし、大声でわめいた。

「おれの旅行ザックをどこへやった？　ああっ、ぬすっとめ！　極道者！　四十五年もじっと耐えてきたというのに……ザックを返せ！」

父は兄を追いかけて外へとびだしたまま、二度と帰らなかった。あとで兄から聞いた話では、父は旅になど出ておらず、家から遠くないあるおんぼろの廟に住み、屑拾いをして暮らしているのだという。大得意で一日中銅管を吹いて耳障りな音をたて、そのうえ女たちに自分はひとり者だと吹聴している。なんたる軽薄さだ。兄は憤然と話を結びながら、腕時計をちょろまかしてふところに隠した。それは母の時計だったが、古物商に売りとばして酒を買い、廟にもっていって飲むつもりなのだ。兄は外では、愛する父と生涯をともにするつもりだといいふらしている。

早朝、騒がしいからすの鳴き声で目が覚めると、母が塀の下で何かを探しているのが見えた。地面に這いつくばり、土気色の顔を土につけんばかりだ。必死に見分けようとして、ふたつの硬い眼球がかさこそと眼窩をこすっている。

「白いめんどりのこと、一体どうしたの?」

「ここからにおいがするんだよ、土の中から。明け方からずっとこうしてるのさ。この霧さえなければ……白蘭のひとつひとつの花びらの中に……それにあの丸々した根切虫。けさ起きたとたんに、あの卵がなくなってるのに気づいたよ、おまえに見せたあの卵が。あれは本物だったろう、ね? 槐の木のそばの灌木の茂みの中で拾ったのさ。たしか、白いめんどりは全部で三羽いて、一羽は首に点々があって、ぐるっと細い輪になってた、ほとんど見えなかったけどね。もう一羽は真っ白け」

「おまえの父さんはね」母はまたいった、「外套なんだよ。あのとき、父さんは外套を着たまま家にやってきて、寝るときも脱がなかったのさ。ある晩、勇気を出してその外套にさわってみたら、中には何もなかったのさ。何年もたって、ようやく事の真相がわかったよ」

わたしは母に腕時計のことを話すことにした。骨折って話したが、頭の中は一面の空白だった。いいたいことがはっきりいえなかった、ほんのわずかさえも。わたしの話は口から吐き出すやいなや、重湯(おもゆ)のようにどろりとなって、服のえりにへばりついてしまう。わたしはしきりに疑問符や、感嘆符を使って表現を誇張しようとした。だが、すべては終わっていた。母はもう眠ってしまっていたのだ。その肩を激しくゆさぶって、荒々しく「わかった？」とたずねたとき、母の青い顔には黒い虫がびっしりと這っていた。

薄灰色の半円が戸口のあたりにたゆたい、こそこそとのぞいている。あれは、もっと濃い霧。

雄牛

その日、外は雨にぼうっと煙っていた。風が吹き、老木の桑の実がザッザッと音をたてて瓦の継ぎ目に落ちている。壁の大鏡に、窓をかすめた紫の光が映った。それは一頭の雄牛の背で、雄牛はゆっくりといってしまった。わたしは窓辺にかけよって顔を出した。

「おれたちはほんとに似合いのカップルだな」うしろで老関（ラオコアン）が空咳をしている、喉に麻でもつまったように。

「薔薇（ばら）の根がみんな雨に漬かってだめになっちゃった」わたしは顔をひっこめ、がっくりしていった、「はなびらも青ざめてしまった。ねえ、夜になると、この部屋が水びたしになるのを知ってる？　わたしの頭はきっと一晩じゅう水に漬かってるのよ。ほら、髪のはえぎわからまだ水がしみだしてくる」

「おれ、歯をみがいてこないと。ゆうべのビスケットのかすが歯につまっていてたまらないんだ。もう金輪際……」老関（ラオコアン）はたくみにわたしをよけて台所にいった。プーップーッと水を吐き出すのが聞こえる。

午後、あれはまたやってきた。窓辺に座って御飯をたべていたら、板壁のすきまを突然あの見慣れた紫の光がかすめ、一本の牛の角がにょっきり伸びてきた。雄牛はなんと板壁をぶち抜いてしまったのだ。また顔を出してみるとまるまるした尻が見えた。雄牛は去っていくところで、のろのろと動きながら石炭殻を踏みしだいて苦しげに呻吟させている。テーブルの下では、一群のヤブ蚊がわたしのむきだしの足を襲ってにぎやかに会食している。

「さっき、誓いをたてた」老関（ラオコアン）が奥の部屋から猫みたいにそろりと出てきた。あの穴だらけの生姜（しょうが）色のカーディガンをはおっている、「これからは夜、絶対にビスケットを食わんぞ。前歯に四つも穴があいていて、ふたつは歯茎までとどいてるんだ。あんた、いつも蚊に食われまいとして、ものすごい足踏みしてるね。家まで倒れそうだよ。あんまり落ち着きがないから……」

「あるものが見えたの」わたしは不確かな口調でいった、「変な紫色なの、何年も前のことよ。あのこと、覚えてる？　そのガラス戸一面に蠅がたかって戸の隙間（すきま）から頭をつっこんできて、木の葉が頭の上でがさがさ鳴って、アンモニアのにおいで卒倒しそうだった」

「ほら」彼がわたしに向かって黒い歯をむきだした、「中はまるでもぐらの巣だ」

わたしたちのベッドは板壁につけて置いてあった。そこで寝ようとしたら、例の牛の角がまた穴からにゅっと出てきた。むきだしの腕を伸ばしてさわろうとすると、触れたのは老関の氷のような、硬い後頭部だった。その後頭部は皺になってすくみあがった。

「寝るときまでじっとしていられないんだな」彼がいった、「歯の間をもぐらが夜通し往ったり来たりして、ほんとに気が狂いそうだ。聞こえるかい？　おれ、ついまたビスケットを食っちまったんだ、もう終わりだ。おれはどうしてこう……」

「あれは昼も夜も一日じゅう家のまわりをぶらついているというのに、あなた、一度も見たことないの？」

「歯をぬいてしまえば万々歳だというやつもいる。おれもずいぶん考えたが、どうしても決心がつかない。歯をぬいちまえば二度と口の中を走りまわるやつがいなくなると思っただけで、胸がどきどきする。やっぱり我慢していた方がよさそうだな」

黄昏どき、山の坂の方から胡弓のむせび泣くような音が聞こえてきた。窓ガラスにゆらめくオレンジ色の光の斑点が、ひどく眼にしみる。だれかがトントントン、と三度戸をたたいた。そっと、ためらうように三度。そら耳かもしれない。戸をあけたら、あのまるまるした尻が見えた。あれはもういってしまい、うしろ姿は暗い紫に縁どられていた。

「おれたちのもとの家の外には梅檀（せんだん）の大木があって、風が吹くと枯れた梅檀の実がぱらぱらと落ちてきた」老関（ラオコアン）がつらそうに虫食いの歯をむきだして寝言をいった。彼はもう、ふた晩もビスケットを食べていない。ビスケットを食べないと寝言をいうのだ。「木の下には長年、白いシーツが干してあった。あれは母さんの死体を包むためのものだった。あとでやっぱりそれに使ったんだものな」

「ある日」わたしもいつのまにかしゃべりはじめていた、「ふと鏡を見ると、わたしの髪は真っ白になり、目尻には緑色の目やにが流れている。わたしは外にインクを買いにいくの、昔の友だちに手紙を書こうと思って。外には南風が吹き、大勢の子供たちの影がぼんやりと風の中に見え隠れしている。わたしは道端のレンガ塀づたいに歩いていく、でも道はつるつる滑るし、砂ぼこりに眼がかすんで番地の表示は見えない……」

「木の下には貧弱なナズナが生えていて、小さな花が痛々しく咲いていた。だれかがナズナを掘り返して、土の中のなにかを探していたことがあった」

「わたしの足は蚊にやられたの。あの年の秋、蚊はとびきり猛烈だった。大きいのにふくらはぎをぶすりと刺されて、二度と足をまっすぐ伸ばせなくなってしまった。その前にＤＤＴを買いにいこうと思っていたのに」

わたしたちは夜通ししゃべった。朝になると、舌の先には大豆ほどもある血豆ができていた。尻は太陽に照らされて、ほかほかしていた。

あれはまたやってきて、板壁をどんどん鳴らした。戸をあけると、射るような紫の光に眼をあけていられなかった。

「いっちゃった」わたしはしょんぼりと両手を垂らした。「あれはわたしたちのまわりを永遠にぶらついてるつもりよ。わたし、脇の下に冷汗をかいてる」

「風が吹くと、感傷的なことをいろいろ考えてしまう。きのうはふと、抜いた歯をガラス瓶に漬けてとっておこうかと思った。この虫歯の穴をじっと見ていると、昔のことを思い出す。あのときあんたは鏡を見ていた。あんたときたら鏡ばかり見てるんだ、よくまあ飽きずに自分の顔ばかり見ていられるよ」

きのうからあれは来なくなった。きのう、わたしはまる一日窓辺につっ立ち、歯の欠けた木の櫛で、窓ガラスに向かって、この乾いた短い髪を休みなくとかしていた。ガラスに、櫛にはさまった髪が、ばさばさぬけていくのが映った。

風が何枚も屋根瓦をめくり取っていったので、家じゅうがぽたぽたと雨漏りしている。わたしと老関(ラオコアン)はベッドに避難した。ベッドの上には油紙で屋根を作っておいたのに、雨はそこにも油紙がたるむほど溜まっていた。老関（ラオコアン）はベッドのすみにちぢこまり、もの思わしげに鼻をほじりながら奥歯をきしらせて、変な音をたてている。

「きのうから、あれは来なくなった」わたしはいった、「もうずいぶん昔のことよ、瓦の継ぎ目に落ちた桑の実と関係があるの。木の股にガラガラ蛇がぶらさがっていて……わたし、紫色を見ただけで体じゅうの血が沸騰しそう。さっき舌の先の血豆を噛みつぶしたから、口の中が生臭いわ」

「ほんとにこの部屋が大水になったらどうしよう。ベッドの下のガラス瓶が流されちまわないだろうか。歯が六本も漬けてあるのに」

「おもての薔薇が雨で地面に倒れてしまったわ、聞こえたでしょう？　だれかが薔薇園を通って、その間に乗馬靴の深い跡を残していった。あれが最初にやってきた日、あなたが歯のすきまに亜砒酸を詰めようとしているのを鏡で見たけど、どうして？」

「もぐらどもに毒を盛ってやろうと思ったのさ、あんまり騒々しいからね。なんだ、あんたが鏡を見てたのはそのせいだったのか？　おれは何年も、もぐらどもと格闘してきたんだ。医者は超人的な気力だといってる」

彼の唇が真っ黒になり、まぶたがだらりと垂れさがった。彼がふらりとよろめくと、皮膚にはたちまち八十の老人のような皺がよった。額に手を伸ばすと、ごわごわしたあの髪の毛がわたしの指を刺した。彼はまたわたしに向かって歯をむきだし、おかしな、おどかすような顔をしてみせた。

窓辺にいくと、突然あの五月の日が見えた。彼がわたしの母を支えて入ってくる。全身から汗のにおいがし、肩にはオニヤンマがとまっている。

「野原の息吹をもってきたぞ」彼は真っ白な前歯を見せながらあらっぽくいう。「歯医者は虫歯だなんてぬかしやがる。馬鹿いうなって」

彼はずっと睡眠薬を飲んでいた。あるときその瓶をテーブルに置いておいたら、わたしの母がそれを飲んで永眠してしまった。

「婆さんは西洋の丸薬を異常に好んでいました」彼は検死医にいったものだ。

鏡の中では遠くが見える。そこでは、巨大な動物が水中に倒れ、ばたばたと断末魔にあがいていた。鼻からはまっ黒な煙が噴きだし、喉からはまっ赤な血糊が湧いている。

ぞっとして振り返ると、彼が大きなハンマーをふりかざし、その鏡に打ちかかっていくのが見えた。

カッコウが鳴くあの一瞬

わたしは駅の古いベンチに横になっていた。ベンチのペンキはすでに剝げ落ち、小虫たちが下でぶつかっている。空気中には煙霧が立ちこめている。だれかが大きなおならを一発した。ベンチの背もたれのすきまからのぞくと、たくさんの真っ黒な首が見える。

「あの木の橋はもうすぐ落ちるよ。渡っている間じゅうゆさゆさ揺れて、頭がくらくらする……」

隣に座った男が哀しげにだれかにこぼし、とめどなくこぼしつづける。青白い煙霧の中に桃色の大きな歯がぞっくり現れ、褐色の唇が蠕動（ぜんどう）しながら開いては閉じ、カツンと音がして中で歯が二本砕け、唇がめくれて唾といっしょに飲み下される。

わたしは目を閉じ、懸命にあの場所へ戻ろうとした。あそこには運動場があり、軒（のき）の水が日夜したたり落ちている。あの子の顔はぬけるように白く、永遠に抗しがたい魅力をもっている。何年も昔、彼はまぎれもなく実在していた。陽光が瓦の継ぎ目から教室に射しこんできたとき、彼は空色のシャツを着てわたしの隣に座り、胸に一匹の蝶の標本を留めていた。標本の羽根には大きな金の斑点が浮かび、あの子の眼はやさしくはにかんでいた。ここ数十年というもの、あのまなざしに触れるたびに、わたしの血はたちまち血管に灼き付く。

　わたしは立ちあがり、壁伝いに手探りで外に出た。路地という路地をくまなく歩きまわって彼を探す決意なのだ。風が吹き、屋根瓦がこすれあって耳ざわりな音をたてている。わたしは真夜中に家々の堅く閉ざされた戸をたたいてまわり、中の鏡が放つ反射光を見てぎょっとする。一匹の青虫が鏡の真ん中を這(は)っている。汗まみれの足の指をちょっと動かすと、床は激しく上下に揺れはじめる。でも、わたしにはわかっている。カッコウがそっと三度鳴きさえすれば、すぐにも彼に逢えるのだ。彼はいつも胸にあの金の蝶を留め、きらきらと歯を光らせている。

　いつか彼に出逢ったとき、わたしは決めた。翌日の晩にも同じ場所で逢おうと。翌日の晩、わたしは息せききってそこに駆けつけた。けれども彼の姿はすでに色褪せ、空色のシャツは白茶け、髪の毛は鼠色になっていた。ひとりの医者が歩いてきて、まわりくどいい方で、わたしが癌(がん)にかかっているかもしれないとほのめかした。顔には終始、奇怪な笑みを隠していた。あの晩はついてなかった。だれかが空き家の土台を掘り返そうともくろみ、網戸を破ってコブラを一匹放りこんできたのだ。朝起きたら、わたしの両耳はぱんぱんに腫(は)れあがっていた。

確かに一度、日中に彼を見かけたことがある。あれはある日の正午、太陽がぎらぎら照っていた。彼を見たとたんに、わたしは恥ずかしくなった。彼ときたらまぎれもない小人で、青白いすねにはうぶ毛一本ないくせに、わたしと同様に年をとっていたのだ。彼はわたしには気づかずに、こそ泥みたいにうつむいてあたふたといってしまった。わたしは長い間そこに立ちつくしていた。ついに足もとでアスファルトが溶け、ふたつの穴になってしまうまで。

ときどき、思いがけずも、わたしたちはまた夜に逢うようになった。それは真っ暗な家の中の、たくさんの鏡のあいだだった。彼の全身は異常に温かく、血がとくとくと血管を流れるのが聞こえた。わたしはある遊びをしようと提案した。ふたりで手をつないであの鏡の中に入り、青虫を床にたたき落として鏡の外に向かって唾を吐こうと。あの子の笑顔は永遠に、抗しがたい魅力をもっている。

「列車は四時半に駅に着く」ひとりの老人が片すみでこういって、たてつづけに痰(たん)を吐いた。その音を聞いて、わたしの肺は胸いっぱいに膨れあがり、胸苦しさに吐きだしたくなるほどだった。たくさんの黒い影が壁の上をくねくねと動いている。赤ん坊がコンクリートの地面ににぶい音をたてた。

「カッコウはもうじき鳴く」

老人がわたしに告げた。眼にふたつの薄暗いランプがともっている。

「カッコウが鳴くたびに、わしには松茸のにおいがするんだ。七十三年来、いつもそうだった。わしはこの片すみで、長いことあんたを見ていた。ずっと、あの鳴き声を待っているんだろう？　わしの知り合いに、癌で死んじまった男がいる。あいつは寝ずに頑張って、ひたすら待ちつづけ、それで精力を使い果たしてしまった。あんたが感じるのは一本の木だろう？　当たったかな？　人それぞれに感じるものは違う。ある者には菱の実のかおりがするし、ある者には赤頭巾が見える。わしには松茸のにおいがするのさ。あのにおいにはもう慣れっこになった。もう七十三年になるんだ」

家の裏で、だれかがいつも井戸を掘っている。カンカンカーン……あの音は長年途絶えたことがない。けれどもわたしは、その人を見たことがない。何度飛びだしていっても、とっくに逃げてしまったあとで、影も形もないのだ。穴のそばには鶴嘴が放りだしてあり、錆びたやかんも残っていた。あの人が選んだ地勢は大いに問題がある。あんなところに水が湧くはずがない。思うにあの人は乞食で、わたしにそっくりなのだ。母に聞きにいくと、井戸の穴なんてありゃしないよ、きっと眼が翳んだんだろうといった。そして、ひもじいひもじいとわめきながら、腹をすかせた犬みたいに部屋中を探しまわるなんてもってのほかだと叱った。

ある日わたしはあの堅く閉ざされた戸をたたいていて、ふと、たたいているのが濡れたレンガ塀だったことに気付いた。指の関節をなでると、もう、ぶよぶよになっている。横向きになって路地を出ていこうとしたが、入ってきた口は見つからない。ぐるぐるまわっているうちに、やがてはたと悟った。なんとわたしは井戸の底に落ちてしまっていたのだ。その晩カッコウは鳴かなかった。朝になるとわたしの眼は白内障にかかり、混濁は今にも瞳孔にとどこうとしていた。母はわたしがひ弱なせいだといい、休みなしに鎮静剤を飲んだらいいといった。わたしはまるまる二日、とうとう目もあけていられなくなるまで飲みつづけた。三日めに彼がやってきた。わたしの全身は燃えあがるようで、目玉まで真っ赤だった。わたしたちは教室の席に並んで座り、わたしがうっかりインク瓶をひっくりかえすと、彼ははにかんだように微笑みながらこぼれたインクを拭いてくれた。その子の唇は赤くつややかで、眉間には黒い髪がひとふさ垂れている。彼はわたしの幼いやわらかな口もとと、お下げ髪を結わえた赤い紐を見つめていた。わたしはじっと息を殺し、耳をすました。わたしにはわかっていた。外の鐘が鳴れば、彼はたちどころに色褪せ、わたしの目尻には小皺が現れるのだ。わたしは焼けるように熱い勉強机をなで、たまらなくなって椅子の上でしきりに身をよじった。わたしはいった。

「あしたもやっぱりここで逢いましょうよ、待ってて。約束さえしとけば、わたしたち、また次の日に逢えるのよ。もう二回、そうしてるわ。たいてい別れるとき次の約束をするのを忘れてしまうけど、それじゃだめ。ずいぶん長い間逢えないことがあるんだもの。一度、あなたを街で見かけたことがあるの。わたしは心の中でこういったわ、あれは彼、彼が来ればすぐわかるわって。やってきたのは小人だった、でもやっぱりあなただと思ったの。それがどうもよくわからないのよ」

鐘が鳴りだした。彼の唇は灰緑色になり、わたしは怒り狂って教室を飛びだした。あの老人があとからぴたりとついてきていった。

「こんなことはべつに不思議じゃない。みんなおんなじさ。さまざまな形や音やにおいがあるが、みんな、カッコウが鳴くあの一瞬に生まれるんだ。たとえばわしは、松茸のにおいばかり感じる、証明できるよ……」

わたしはあの温かく芳しい、うららかな一瞬にとどまろうと決心した。わたしは籾殻の木の下に、長衣のように空虚に座っていた。

タタタ、タタタ……

赤や緑の黄金虫が雨のように降りそそいでくる。ちょっと首を伸ばしただけで、着ている服が風に飛んでいきそうだ。乾いてひびの入った爪で木の皮の上に「彼」という字を刻み、顔をあげると、空豆ほどの大きさのプロペラが一面に飛んでいるのが見えた。猫が大きな声で鳴きながら股の間をくぐっていく。いつものあの狡そうな眼をした猫だ。「彼」という字を刻んでいたとき、あの奇妙な感じは空色のシャツのようにわたしのかたわらに座っていた。黄昏にあの人が家の裏で井戸を掘る音を聞き、青紫の夕顔が暗がりに咲きほこるのを見ているときにも、そんな感じがすることがある。するとうなじにはしだいに赤みがさし、眉は弓のように弧を描く。そして最後にはかならず、あの緑色の眼をした黒猫に出逢うのだ。

わたしは母にたずねた。夜更けにかたく閉ざされた戸をたたくと、どうしてどの戸もすぐに開いて、同じ恐ろしい鏡が見えるのかしら？　母は、それはわたしが肺気腫にかかっているせいだといった。肺気腫にかかった者はみな、夜中によその家の戸をたたきたがるんだよ。内面世界のバランスがとれないので、一生、冒険への衝動に駆り立てられているのさと。そういっているとき、母の中指の肚は蛇の鎌首のように揺れた。それから母ははっきりといった。

「わたしはおまえのあの人を見たよ」

わたしは金切声をあげ、十本の指で力まかせに壁の漆喰（しっくい）をえぐった、ついに指から血が流れだすまで。

夜明け前にはよく、たくさんの生き物が網戸にぶつかって死ぬ――ザザザ、ザザザ。外に出ると、うしろからついてくる足音が聞こえた。

「明けの明星がずっとあの辺をふらふらしている。それとも蛾でも飛んでいるのだろうか？」

あの老人が歯のすきまからキーキー声で叫んだ。ふりかえると、確かに老人が見えた。なんと老人は一匹の鼠だった。もともと老人は鼠ではなかったはずだが、塀際のこの鼠は確かに老人だった。老人はわたしをじっとにらみ、ぴくりと髭を動かした。眼がふたつのランプのようだ。

「蝶々の標本……」わたしは惚けたようにつぶやいた。

明らかに鼠の鳴き声がしたのに、わたしの耳が聞きとったのは老人のわめき声だった。

「空のかなたのあの赤いガラスをごらん。むかしむかし、まだ恐竜もクジラもいなかったあのころ、もうカッコウはいたんだ。カッコウがひと声鳴けば、松茸に、蝶々に、赤頭巾だ！」

水道管のあたりに穴があった。彼はひらりとその穴に飛びこみ、ちっぽけな小狡(こずる)げな顔を出して、まだわめいている。

太陽が出るやいなや、わたしの白内障は悪化しはじめた。ぼんやりと、あの井戸を掘る人が見えた――風が、折れた枯れ枝を木の幹に打ちつけているのだった。それがあの人だった。夜明けに背に汗して穴を掘り、その響きでわたしの耳を震わせて、ふたつのおできまで作ったあの人だった。

わたしにはわかっていた。今度もわたしはまた、あの感動の一瞬を失ったのだ。わたしはストーブを抱きかかえ、皮袋のようにしぼんでいた。だれかが起きだして、歯ブラシがコップをたたく音がしはじめ、それから、山菊の香りをおびた最後の清風が、そそくさと吹きぬけていった。

わたしにはわかっていた。あした、それともいつか適当なときに、わたしはまたカッコウの声を聞くのだ。

曠野の中

その日の晩、女は寝ていてふと、自分が眠っていないのに気づいた。そこで身を起こし、明かりのついてない部屋の中を往ったり来たりして、朽ちた床板をぎしぎし鳴らした。闇の中にもっと黒いものがひとつ、片すみにうずくまっている。なんだか熊のようだ。それは移動しながら、やはり床板をぎしぎし鳴らしている。

「だれ?」女の声が喉に凍りつく。

「おれだ」夫の脅えた声。

ふたりとも、相手に驚かされたのだった。

それから毎晩、ふたりは幽鬼のように闇の中を、この広い寓居のたくさんの部屋々々を、ふらふらと歩きまわった。日中、女はじっと目を伏せており、夜の出来事などまるで覚えていないかのようだ。

「ガラス板の上の文鎮が壊された」

男が血走った眼で、上目づかいにこっそりと女を見やった。

「どうしてひとりでに落ちるのかしら。夜はほんとに風がひどくて」

女はそういって両方の肩甲骨をそびやかし、とたんに肋骨が苦しげに裂けるのを感じる。

「こそこそこそこそして、ほんとに憎らしい！」

女がわけのわからないことを口走る。

「蛇がいる部屋があるぞ。年中空き部屋にしてるし、それに……」

男はしゃべりながら手の中でゴムの止血帯をもてあそんでいる。それには太い注射針がついていて、ぎらぎら光っている。

「どこまでしゃべったっけ？　そうだ、いつだったか、蛇が一匹、壁ぎわをシャーシャーと泳いでいたぞ。嚙みつくから気をつけろ……」

女は五日前に枕の下で注射針のついた止血帯をみつけたのだった。真新しく、ぷうんとゴムのにおいがした。そのときは彼女はまるで気にかけなかった。ここ数日、夫はひっきりなしにそれをいじくり、寝るときまで、ゴム管を口に含んで嚙んでいる。

「ちょっと天気予報を聞きにいくべきだよ」

男がウインクしていった。

部屋は広くがらんとして、北風が、鉤のこわれた窓をたたいている。

暗闇の中でぶつからないように、ふたりはわざと大きな足音をたてた。

男は出ていった、針のついたゴム管を壁の釘に掛けて。部屋じゅうにあのにおいがたちこめている。

「ちょっとためしてみよう」男はひとまわりしてもどってくると、女にいった、「野良猫を一匹捕まえたいんだ。ここはこんなに広いし、こんなに暗い。きっとどこかにさまざまな野生動物が隠れているにちがいない。なあ、夜、曠野には氷雨が降ってる。そこをぶらついてると、背中はずぶぬれになって氷がはるんだ。どこかで聞き慣れない足音がするが、だれがそこを歩いているんだろう?」

「それは、わたしがもう一方の側を歩いているの」

女は淡々とそういいながらむくんだ頭をかしげて影の中に入れ、目のまわりの黒い隈を隠そうとする。

男は女の前をひょいとまたいで壁から針のついた止血帯をおろし、いじくった。

「ときに人生には、思いもよらない転換が起きるものだ」

稲妻がぴかりと光り、注射針が火花を散らす。

もうどのくらいになるのか覚えてはいないが、ふたりは二度と眠れなくなっていた。女が横になるとすぐ、耳もとであの妙な音がしはじめる。目をあけると夫が目を閉じてあの止血帯を嚙んでおり、太い針が心臓に突き刺さっている。服を着て立ち上がると、ただちにある夢が追いかけてくる。壁はじっとりと濡れ、ちょっとよりかかっただけで服がくっついてしまう。

「文鎮を壊された。だれがやったんだ?」

男が部屋のすみでしゃべりはじめる。口もとからくちゃくちゃくちゃと嚙む音がする。

「ある夢が追いかけてくるの、その小窓から入ってくるのよ。鮫みたいに泳いできて、わたしのぼんのくぼにふうっと冷気を吹きかけるの。何日も寝てないから、ほら、体じゅうの皮が皺だらけになっちゃった。きのうはあんまり慌てて文鎮を壊してしまったわ、あの人食い魚をよけようとして。今度の鬼ごっこは、またどのくらい続くのかしら?」

女はわれ知らずぐちっぽい口調になった。

「夢を見てるのやら醒めてるのやら、まるでわからない。わたし、職場でうわごとをいって、同僚をびっくりさせちゃった」

「こんなこと、だれが落ち着きはらっていられるものか。人によっては一生こんな状況で過ごすんだ。連中は歩きながら、しゃべりながら、つい眠ってしまう。ひょっとしたら、おれたちだってそうなるかも知れん」

「わたし、人に逢うのが怖いわ。きっと、ぼうっとしてるのがわかってしまう。なるべく口をきかないようにしてるの」

男は別の部屋に歩いていったが、女には相変わらず、彼の手の上で針が火花を散らすのが見える。

雷がごろごろと鳴りつづけている。

女が子供のころから寓居にはこんなに多くの空き部屋があり、大きくて暗く、ひと部屋ひと部屋どれもまったく同じだった。彼女は未だに一体いくつ部屋があるのか、数えおおせたためしがない。その後男がやってきた。はじめのうちはやる気満々で、あの部屋々々の窓がまちに姫柘植(ひめつげ)の木を植えた。髪をふり乱し、尻を突き出して掃除までして、もうもうと埃(ほこり)をたてた。そして人さえ来れば、聞こえよがしにいった。

「どの部屋もみちがえるようになった！」

男が一度も水をやらなかったため、姫柘植の木はみな枯れてしまった。彼は木を放りだし、空っぽのたくさんの鉢が窓がまちに残った。夜見ると、たくさんの髑髏(どくろ)のようだ。

「まだ植えない方がきれいだったわ」女は蠟のような顔で、げっそりしたようにいった。

「ここには何も育たないんだ」彼はいまいましげに地団太を踏んだ、「一面、荒れ放題だ」

男は二度と何も植えようとせず、若くして老人性喘息にかかった。不眠は知らぬ間にやってきた。ある日目が覚めると窓の外は真っ暗で、ちらりと壁の掛け時計を見ると、寝てからまだいくらも経っていない。彼は別の部屋にいって窓がまちの素焼きの鉢をひっくりかえした。鉢はどんと音をたてて外のコンクリートの上に落ちた。

「きのうあんたは文鎮を壊してしまった。獅子の頭のついたあれを。もうちょっと自分を抑えられないのか」

男は飽きもせずにまた例の件をもちだした。

「窓がまちのあの鉢、夜見るとなおさら怖いわ。掃き落とせない?」女はことばを切り、またとらえどころのない口調になった。

「いつかわたしはついに心を決めて、あの鉢をそっくり掃き落としてしまう。そうすれば窓がまちはきれいさっぱり、ほんとに胸がすく」

男はいたたまれなくなって顔を赤らめ、歯ぎしりした。

夜、ふたりが目覚めて夢を見ているとき、女は男の足がいやに長いのに気づいた。ひょろ長くて、何だか見知らぬもののような感じがする。その氷のように冷たい骨ばった足の裏が、彼女の枕に触れた。一本の指が人参みたいに腫れあがっている。

「あんた、そんなに場所をとって」彼がふとんの中からくぐもった声でいった。

「おれを壁に押しつけてるぞ。針は壁に掛かっている。空からは雨が降っていて、あんたはそんなにいい気持ちでいるのに、おれは曠野をさまよい歩いて蠍を踏んづけちまった……」

女は明かりをつけ、朦朧とした両眼を大きく大きく見ひらいた。針は寝台の頭側のあの壁に掛かっており、針穴から大きな黒い血のしずくがしたたっている。ゴム管は見るも恐ろしく痙攣しながら中の液体を圧し出す。女が曠野に歩いていくと、そこには氷雨が降っていて、氷のかけらが木の上からツァッツァッと落ちてくる。体じゅうが耐えがたいほどむくみ、膨れた指から水が滲み出す。眠いというのに、まただれかが沼地で呻いているのが聞こえる。彼女はそのうめき声のする方へとよろよろと移動し、移動しながら眠っている。踏まれた水たまりのひとつひとつが痛ましい叫びをあげる。

男は確かに蠍を踏んづけてしまった。足の指はみるみる膨れあがり、赤い腫れがたちまち膝へと広がっていく。風が吹くと、さまざまな形をした水たまりがティントンと鳴る。沼にはまった片足がどうしても抜けない。寂寞の中で、彼はあの恐ろしい足音が近づいてくるのを聞く。

「これは夢でしかない、おれ自身が望んだ夢！」

男は大声で抗っている。彼女が近づいてくるのが怖い。

歩みは彼のかたわらで止まった。だが、だれもいない。この曠野はがらんとして人っ子ひとりいない。あの足音は彼の想像にすぎない。想像の足音がかたわらに止まっている。

見えない手がわざと彼の痛む足の指にさわる。逃げるに逃げられない。凍りついたうぶ毛が太い針のように一本一本逆立つ。

壁の掛け時計が最後の一回を打ったとたんに破裂し、歯車が小鳥の群れのように空中に飛んでいく。ねじれたゴム管は薄汚れた壁にへばりつき、床には沈痛な黒い血だまりができている。

刺繍靴および袁四（ユエンスー）ばあさんの煩悩

わたしの隣人の袁四（ユエンスー）ばあさんは屑（くず）拾いをしている。屑拾いとはいえ、なかなかどうして骨のあるばあさんだ。

その袁四（ユエンスー）ばあさんが先ごろわたしに取り憑いた。夜、明かりを消すとたんに、髪ふりみだして飛びこんできて、わたしの寝室をところかまわずひっかきまわし、鏡や湯呑みをたたき壊してしまう。それに反射する光がばあさんを怒り狂わせるのだ。おまけに無礼千万にもわたしのふとんをめくり、懐中電灯でじっくりと、もろにわたしの目玉を照らし、それが終わるとあろうことか、部屋のどまんなかで小便を始めるのだ。あまりにしつこい嫌がらせにわたしもほとほとうんざりし、日に日に痩せ衰え、元気もなくなっていった。一度、ものはためしに戸を閉め切ってテーブルでつっかいをしてみた。するとばあさんは表で大声でわめきちらし、外壁のれんがを猛然と鶴嘴（つるはし）で掘って物凄い音をたてるので、やむなく戸を開けて入れてやるしかなかった。もう一度は夕方から家に錠をかけ、こっそり隣の家に泊めてもらった。しかし明け方帰って戸をあけるやいなや、ばあさんに先を越されて飛びこまれてしまった。なんと、夜通し外で見張っていたのだ。

それから十日ばかり、ばあさんはばったりと姿を見せなくなった。

今夜はいつもの時間にやってきたが、どうも様子がおかしい。けんけん跳びでひとしきり跳びまわり、暗闇の中でヒヒヒとめどなく笑っている。そしていきなり靴を脱ぎ捨て、寝台に座りこむと、片手でわたしの肩をむんずとつかみ、もう片方を手刀にしてえいとばかりに打ちこんで、わたしを跳びあがらせた。それからばあさんはいった。

「なにがむずかしいって、倦(う)まずたゆまずやりぬくほどむずかしいことはない、そうだろう？」

「…………」

「わたしの件はまもなく真相がはっきりする、もう嬉しくて死にそうだよ！　あんた、わたしの靴に気がついたかい？」

「えっ？」

「これについては事細かに話してやろう。あの十日あまり、あんたの部屋でずっとこれを探してたのさ。あのときはだれもかれをも疑って、むしゃくしゃしてたまらなかったんだ。

ところが最近ふとひらめくものがあってね、迂回戦術を採ってみた。そしたらなんと、事態は一挙に解決を見たのさ。問題の根はこの靴、この、光、目をうばわんばかりの刺繡靴だよ。この靴こそわが一生の運命だった。それが今や持ち主の手に帰り、すべてがあますところなく明らかになろうとしている。正義は勝利を収め、輝ける太陽がわたしの頭上を照らそうとしている……」

「するともう、うちに捜しに来なくてもいいわけだね？」

わたしはためらいがちに、ひそかな希望を抱いて聞いた。

「来ないわけがあるかい！　どうしてそうも幼稚で察しが悪いんだろう。これからは毎日来るとも、そうして事の次第をつぶさに話して聞かせてやるよ。ここには実にさまざまないわくがあってね、それを今から逐一話してやれると思うと、もうわくわくして震えがとまらないよ。この宝の瓢簞の秘密は、一年やそこらでしゃべり尽くせるもんじゃない。さあて、やる事ができた！」

ばあさんは歓声をあげてわたしの胸にどしんと腰をおろすと、またあのくそいまいましい懐中電灯をとりだしてわたしの目玉を照らした。しまいに頭がくらくらして舌に黄色い苔が生えてきた。

「わたしゃ屑拾いさ」ばあさんは懐中電灯をひっこめ、ゆっくりといった。朦朧（もうろう）とした、感に堪えない目をしている、「李大婆婆（リーターポーポ）も昔は屑拾いだった。それがあとになって出世した、どうしてだろうね？　ここにひとつ、根の深い問題があるのさ。ほかでもない、あの刺繍靴だよ。ちょいともう一回、あの靴を見ておくれ」

ばあさんは寝台の下に足をつっこんでしばらく探ってから、懐中電灯で照らして見せてくれた。それは片方の、ちびた木のつっかけでしかなかった。

「どうだい、魔法の靴だろう？　わたしには予感がした、こうなるだろうと信じていたよ。今でも目を閉じれば、過ぎにし昔のことどもが、きのうのことのように浮かんでくる。ここに横たわって思いをめぐらせば、涙ははらはらとこぼれ落ちる。事が起きたのは四月だった。今でもあの土のにおいがするような気がするよ。明け方、わたしが柳かごを引いて仕事に出ようとした矢先、あの女がやってきた。いやに血色のいい顔をしてね——あれは肺病やみで、顔に赤みがさしてたためしがないんだが、どうしたわけか、あの日にかぎって確かにいい顔色をしていた。その女が意味ありげにこっちを眺めていたと思うと、だしぬけにあの刺繍靴を借してくれというのさ。わたしはまだ年端もいかず、うぶだったし、世間のあざとさもわかりゃしない。何の考えもなしにすぐさま貸してやった。それどころか、もっと何かを借りてはくれまいかとまで思ったものさ。おんどりが表で啼くと、自分の俠気に目頭がじんとして、あの女に駆けよって抱きしめてやりたいほどだった。そのとき、ひとりの男が窓の前を通りかかったのさ。屑屋をしていた人だが、その人が一瞬じっとわたしを見た。なんだか潤んだこぬか雨のような視線で、賭けてもいいが、しばし見惚れていた。どうしてわたしを見たんだろうね？　どうしてわたしを見て、あの女を見なかったんだろう？　どうしてあの視線はあの女を素通りしてわたしの上に止まったんだろう？　わたしにはまるでわかっちゃいなかった。あんまり純で、おぼこだったからね。その夜はぐっすり眠った。ところが朝起きたら梟の鳴き声がして、どうも気色が悪い。なんと、寝ているうちに、思いもよらない変化が起きていたんだ。悪が善をほろぼし、妖魔が玉座を乗っ取ってしまったのさ。あの日からだよ、われらが女山師にわが世の春がやって来たのは！　こちとらはあの日から、奈落のどん底に突き落とされてしまった。気も動転して女のわらぶき小屋にすっとんでいき、こぶしが腫れあがるまで戸をたたいた。ところがふと顔をあげると、戸には錠がかかり、「貸家」の貼り紙がしてあるじゃないか。わたしはへたへたと敷居に座りこみ、おいおい泣きだしてしまった。あの日もどこからか野良猫がぞろぞろ出てきてわたしにつきまとい、しきりに鳴いていた。わたしゃ泣きに泣いたね、身も世もなくさめざめと泣いていたら、通行人まで呆気にとられて立ちどまったものさ。けがれなき娘がそんなに嘆き悲しんでるのを、見るにみかねたんだね。一方、われらが山師は他人様の尊敬を受ける身になった！　それが天をも欺く途方もないぺてんだと、だれが見ぬけよう？　まして、その陰に哀れな被害者がいて、額に汗してあがなった刺繡靴を、下種(げす)のいかさまの小道具に使われていようとは、人々の知る由もなかった。いっとくが、屑屋のあの男は未だに五里霧中なんだよ。何度かわたしを見かけてびくっとし、ぼんやりと遠いおぼろな記憶に沈んでいったことがあった。やっぱりあの年に、とんでもない勘違いをしてしまったのさ。あの女山師をてっきりわたしだと思いこみ、一途にいとおしんだんだね。一本気なんだよ。わたしと同じで、まるで世間知らずのお人よし。それをあの女がいいように手玉に取ってしまった。そのお役にたったのが、わたしの刺繡靴ってわけさ。あの女はあれさえ履けば、本人とはわからぬほど見違えってしまうんだ。わたしは傷心のきわみだった。何日もすてばちになり、御飯も喉を通らず、夜も眠れなかった。わざとひどい格好してぼろを下げ、柳かごをかついでひがな一日あの屑屋の前で待った。そしてふたりが出てくるやいなや、あの女に『化けの皮はいつか剝がれる』とわめいてやった。ところがあの陰険な売女は、あろうことかわたしを知らないふりをして、あのミイラをひっかかえ、犬みたいにずらかってしまった。例の屑屋はミイラになっていたのさ。あの女におしゃかにされてしまったんだ。わたしゃ後悔のほぞを噛んだね。雨の中で胸を打ちたたき、地団太踏み、空を仰いで狼みたいに遠吠えした。ときには町なかでふたりを追いかけ、バナナの皮や空き瓶を背中にぶつけてやった。毎度あの屑屋は、とんずらする売女の小脇に抱えられていた。ひいひい泣きながら、死んだ鳥みたいに頭をだらんと垂らしてね。追いかけているうちにぬかるみに滑り、かごの中の紙くずやぼろをかぶってしまったこともあった。だがわたしは起きあがってなおも後を追い、とうとう追いついた。そしてふたりの行く手に立ちはだかり、あの売女をはっしとにらみつけて、大いに意味深長な質問をしてやった。『あんたの靴はど、ど、ど、ど、どうしたい、い、い？』とね」

「ときは一年また一年と流れ、顔には一本また一本と皺が這った。うわさでは、あの女山師は会計係にまでのしあがったという。その知らせを聞いたとたん、わたしはあまりのおぞましさに気絶してしまった。原っぱで屑拾いをしていると、ときたまあの屑屋に出くわすこともあった。あの痴呆症のじいさんにね。あの人はそのたびにびくっとして、今にも目を覚ましそうに見えた。あの薄いお粥でいっぱいの頭にも、おそらく条件反射みたいなものがあるんだろう。それとも、すうっと湯気でも立ちのぼったか？　あるいは、ぽっと明かりがともって、あのぼけた大脳の薄暗い通路を照らすのでも見たのかねえ？　あの窓ぎわの一瞬の流し目……ああ、ああ！　あの人はもうすっかり正気をなくしてるんだよ、かわいそうに！」

「五十になった年に、わたしは復讐の肚（はら）を決めた。この間の歴史のぺてんを暴き、靴を探しだしてゆるがぬ証拠とし、あの売女に洗い流せぬ恥辱を与えてやろう、とね。はじめは正面攻撃の戦法をとった。一度また一度と、寝静まった夜更けに、ふたりの家に飛びこんでいって家捜しをした。しかしあの売女ときたら実にぬかりがなく、毎度収穫はなかった。しかもいけすかない気違い犬がいて、わんと吠えるでもなく、いきなり暗がりから飛び出してきてがぶりとやるんだ。まだふくらはぎに跡が残ってるよ。これもみんなあの山師が仕組んだことさ。あれは毎度ぐうぐう寝たふりをして、ときにわたしは、電気をつけようともしなかった。とうていわたしにゃ顔向けできんからね。飛びこんでいっても家捜しはせず、ひっきりなしにある特殊な騒音をたてて、女の神経を参らせようとしたこともあった。こうして何年も倦まずたゆまず続けたものだが、ある雨の日、ひどい雷が鳴り、とたんに頭に疑問符がひらめいた。『ひょっとして、よそに移したのではあるまいか？　裏で手を貸す仲間がおりはしまいか？』とね。そこで一軒ごとに夜襲をかけて家捜しし、ひと夜たりとも手を緩めなかった――とっくに夜寝ない習慣をつけていたのさ。仕事はまるではかどらず、一縷（いちる）の希望も見えず、重い暗雲が頭上を覆った。鬱々たる日々に意志は揺らぎ、ついには自殺さえ思った。悲観し、世を厭い、毎日家にこもって泣きあかし、地団太踏み、わけもなくガラスをたたき壊し、空気銃で通行人を撃った。そして最後の土壇場で、一か八か、迂回戦術を採ってみることにしたんだ。もう屑拾いにもいかず、夜の狩りもやめ、逢う人ごとに自分は重病にかかったといいふらし、苦しくてたまらないふりをしてみせた。しまいには、そのへんの子を薬屋にまで走らせた。そして一日また一日と、カーテンのすきまから固唾を呑んで外の動静をうかがっていたのさ。血は血管の中でとくとくと鳴り、心臓は胸の中で狂ったように跳ねた。ああ、一日また一日、一日また一日、わたしは絶え間なく我とわが身を励ました。今こそ起きるべきことが起きようとしている、今こそ！　青い夕靄が窓の外に垂れこめ、わたしがわが奮闘の生涯に感きわまって老いの涙にかき暮れたまさにそのとき、真相は忽然と白日のもとに暴かれたのだった！　これぞ大自然の妙、魔訶不思議な奇跡なのだ！　今夜はすこし疲れた。あんたのとこで寝ることにして、明日の晩になったらまた細かないきさつを話してやろう。その細かないきさつというのがこれまたたまげるような話でね、それを一部始終きかせてやるさ」

ばあさんは大いびきをかきはじめた。

天国の対話

詩はあなたの長い道連れ、
奇跡を起こせとあなたを誘う

（一）

夕べまた夜来香（イエライシャン）のかおりがした。あなたがこのことを教えてくれてから、これでもう五度め。あなたがこの話をしたとき、わたしは小さな耳をそばだてて、コロンコロンという音を聞いていた。あれは一本の銀杏（いちょう）の木が湖の深い水底で揺れる音、木には一面に小さな鈴が下がり、鈴がきらりと光るやいなや燦然（さんぜん）とひびきわたるのだった。わたしがちょっと左足の指を動かすと、また外で風が、どこかの家のごみ箱を巻き上げていく音が聞こえた。いつものあのいまいましい南風が。

　あれが襲ってくる前、わたしは身のうちに激しい焦(あせ)りが生まれるのを感じる。両足を撫でれば蛇のように弾力があってつるりとしており、起きあがって細長い五本の指を開き、空をかきむしれば、たくさんの生きた気体が指の間を流れ動く。この夜来香(イエライシャン)のかおりは普通の夜来香(イエライシャン)とはちがう。じっと一心にかいでいると、そんなかおりなど存在しないことに気づくのだ。眼を見ひらいて暗闇の中を探していると、ついに一列の小さなまぼろしが壁際を滑っていくのが見える。するとわたしの両足はぐんにゃりして冷たくなり、水草のように空中に揺れる。

　あのときあなたといっしょに湖の光の中に立っていたら、急に両眼が赤く腫(は)れあがって何も見えなくなった。ふらりとして湖に落ちそうになると、あなたはわたしの腰を支えた。

「夜来香(イエライシャン)」

　あなたはいった。

「夜(イエ)――来(ライ)――香(シャン)！」

　あなたは脅えたように顔をゆがめ、うつむいて血のように赤い掌(てのひら)を見つめていた。あなたが夜来香(イエライシャン)の秘密を教えてくれたのはそのときだ。毎晩夜更けに待つようにとあなたはいった。でもそれは来ないこともある、未だかつてどこにも存在したことのないものなのだから。あなたはこうもいった、浮遊する緑色の小さな火の粉のように誘惑に満ちた声で。

「きみはただ待つしかない」

きのうの昼、わたしは奇想天外にも、家の裏手のあの荒山に登って待った。太陽が照りつけてたえまなく汗が流れ、髪の毛はたちまちごわごわになった。わたしの振る舞いは人にみつかってしまった。連中はさも面白そうに遠くから身振り手振りで嘲り、おまけに竹で作った弓でわたしの背中に矢を射かけてきて、あの白い上着にぶすぶす穴をあけた。要するにわたしは一日待ちぼうけを食わされたのだ。わたしは疲れ、がっかりして、むくんだ足をひきずって小屋に引きかえした。ところが夜更けに寝がえりを打って掛けぶとんを蹴飛ばすと、すぐさま自分が震える生きた気流に包まれたのを感じた。それは不思議な震え方で、わたしの全身の関節はいつのまにか外れ、手足は気流のままに漂った。

「さかな」

わたしははにかみながらこの三文字を口にし、酒にでも酔ったように目を細めた。かすかなざわめきに続いて、あのかおりが部屋のすみから空中にたちこめた。最初のときから、わたしはこのかおりをよく知っていた。それは遠い昔の霧の朝の記憶に残っていた。その後の四度、かおりは一度ごとにますます強烈に、ますますまぎれもないものになり、ついにあるときわたしは息がつまって昏倒した。気がつくと、頭上に火のように赤い光の輪が揺れている。口の端がぴくぴくひきつり、目は雨のしずくでいっぱいだった。あのときあなたは外の石の腰掛けに座っており、わたしにはすぐその黒い影が見えた。あなたは両手を思い切り広げてあくびをし、そっとひとりごとをいった。

「小さな精霊たちがひと晩じゅう騒いでいた」

あなたは外を往ったり来たりしながら深いため息をついた。わたしは、あの光の輪に照らされて頬を赤く染め、濡れ羽色の髪をきらきら光らせていた。

もしあのとき湖に落ちていたならば、きっとあの木を探しあてられたにちがいない。わたしは一匹の魚になって、夜の水の中を泳ぎまわったことだろう。でも今は、ただ待つしかない。あの静かな不眠の夜々、わたしは壁にぴったり耳をつけ、じっと聞きいっている。でも南風にはうんざりだ。南風がひとたび吹くと、何もかもが掻き乱されて、耳の中にはひゅーひゅーという妙な音しか残らない。風がないときには、鈴はあんなにも美しく鳴りわたるのに。あなた、どうしてわたしの腰を支えたの？　わたしは湖に落ちてあの魚になりたかったのに。そうすれば、あちらこちらと泳ぎまわって水中のあの木を探しあて、あの生い茂った木の葉の間で憩えたのに。夜明けには水面に浮かびあがり、じりじりしながら湖畔を歩きまわるあなたに向かって、そっと唇を動かし、それからすばやく水底深くもぐってしまう。なぜならきっと朝焼けが眩しくて、目が見えなくなってしまうから。

「目を閉じてきっかり五つ数えれば、あのにおいがしてくるかもしれない」

あなたに教わったこの方法を夜通しためしていたら、とうとう頭の中がぶーんと悲惨に鳴りだした。わたしはしまいに悲しくなって、頭からふとんを被ってしまった。

わたしとあなたは暗闇の中で知り合ったのだ。あなたは孤独な夢遊者で、みじろぎもせずに石の上に座っていた。たまたまあの日の晩、わたしは蜜蜂を探しにいって、すぐさまあなただとわかった。わたしは矢も楯もたまらずにあなたにいった。わたしの胸には大きな穴があいていて、濡れた小石が中でがらがら鳴るの。それに子供のときから、わたしはひどい寒がりなの、と。しゃべりながら、わたしは氷のように冷たい指をあなたの温かな掌に入れた。

「蜜蜂の巣はあの岩の下にある。ぼくは毎晩夜通し蜂どもを観察していた」あなたはいった。

「きみは海から来たんだ。砂を踏んでやってくる音がずっと聞こえていた。砂は細かく、風は冷たい。きみの髪の毛は海水のにおいがする。あの海は遥か遠くだ。きみは十何年も歩きつづけてようやくぼくのところにたどり着いた。ぼくはずっとここできみを待っていたんだ」

あなたはわたしの十本の指をぴったりと頰に押しあて、そしてまたいった。

「これでもうだいじょうぶ。子供のころはぼくもひどく寒がりだったけれど、もう慣れてしまった。雪の夜もひとりここで番をしていたんだから。だってきみはいつやって来るかわからないし、あっという間に通り過ぎてしまって、ぼくひとり、ここに取り残されやしないかと心配だったからね」

その日の晩、わたしたちは石だたみの道を歩きまわり、ひと筋の窪みをつけた。

わたしはこうたずねたかった。あなたはどうやって生きてきたの？　ここはひどい日照りだし、小さな毒蛇がうようよいて、窓を閉めてももぐりこんできて嚙みつくというのに。あなたは子供のころ、きっとひ弱でやせっぽちだったんでしょうね。冷たい風が吹きつけて青桐の葉が瓦の上に落ちたあのとき、肩ふるわせて泣きじゃくったんじゃないの？　どうしてひとつ所にこんなに長い間待ちつづけられたの？　雪や氷で足が凍えなかった？

海辺にいたころから、わたしにはもう見えていたわ。ある人がある場所をひとりぼっちでさまよい、両手に握った小石を粉微塵に砕いているのが。あれはあなただったんでしょう？

あのころはどうしてもはっきりとは見えなかったけれど。ほかにおんどりが一羽いたのも覚えているわ。いつも霧の朝に、よくひびく声で鳴いていたから、あなたにも聞こえたでしょう、と。けれどもこうしたことのすべてを、わたしはたずねなかった。わたしの声でまわりのあの生きた気流を掻き乱したくなかった。それは今しも、やさしくそっと、わたしたちの曲げた腕の間を通りぬけていた。

知り合った次の日の朝、わたしとあなたは靴を脱ぎ捨て、あの石だたみの道をはだしではねまわった。わたしたちは大笑いしながら数えきれない小さな毒蛇を踏み殺し、ボタン穴のひとつひとつに忍冬（すいかずら）の花を挿した。もう少しも怖くなかった。あなたが手をつないでくれたし、あなたの足取りはとてもしっかりしていたから。あなたはあれ以来ずいぶんたくましくなっていた。太陽が照りはじめても、わたしたちはまだ跳びはねており、ふたりとも顔を真っ赤に火照（ほて）らせていた。わたしたちは互いに大声でいった。

「あなたこそあの人！」

海辺にいたとき一度、もうあなたには逢えないと思ったことがある。わたしは泣きながら自分を砂で埋め、ひっそりと生命が消え失せるのを待とうとした。疲れはて、寒々とした気持ちでそこに横たわり、頭上をかすめ飛ぶ黒い影を眺めながら、しょげかえっていた。でもそれでもなお、わたしは耳をすましていた。そうせずにはいられなかった。それは一種の本能になっていた。そう、あなたの声がわたしを呼び起こしたのだ。わたしは砂の山から這（は）いだし、あなたの呼ぶ声の方へと風のように駆けていった。

もうひとつあなたに大事なことを話さなければ。夜更けに夜来香（イエライシャン）を待っていると、いつも門のあたりに黒い人影が立っていて、ちょっとでも目を閉じるとすぐわたしの方へ迫ってくる。いつまでも震えがとまらず、どうしても眠れない。ある日とうとうがまんできずについうとうとしたら、男の恐ろしく長い手が伸びてきて、わたしの髪の毛をひっつかんだ。わたしは恐怖のあまり、大声であなたを呼んだ。しまいに喉が真っ赤に腫れあがり、口がからからに乾いてしまうまで。それにしても、毎晩寝る前に戦々兢々として戸じまりを確かめているのに、あの男はどうやって入ってくるのだろう。でも決して入ってこないこともある。それはあなたが戸の外に座っているとき。だからあなたのあの黒い影さえ見えれば、わたしの心の重石は落ちて、いつでもぐっすり眠ることができる。ねえ、毎晩あの石の腰掛けの上に姿を見せてくれない？　本当に怖くてたまらないの。

もしかしたらいつか、わたしはついに魚になってしまうかもしれない。そしたらあなたは二度とわたしに逢えなくなる。ただ、夜明けの湖のほとりから、一匹の細長い小魚が水面に飛びはね、あなたに向かってちょっと唇を動かし、また湖の中に消え失せるのを見かけるだけ。そのとき、あなたの心臓は張り裂け、頭はくらくらと風車のように旋回する。どうもあの魚になるのは忍びない。やはりわたしはあなたといっしょに闇夜の中で夜来香（イエライシャン）を探そう。あなたは外で、わたしは中で。

（二）

ここは確かにひどい日照りだ。水源はなく、今にも涸（か）れそうな深い井戸がひとつあるばかり。中の水は濁って泥水のようだ。緑はしだいに地面から消せ失せ、ぎらぎら光る蜥（とかげ）が一面に這（は）いまわり、道路はひび割れつつある。そんな夢は喉が渇き、しかも冗長で、埃（ほこり）のにおいでいっぱいだ。ぼくは毎晩蜜蜂を探しに出かける。風の出たある暗い夜、きみはショールにくるまって小刻みな足取りでぼくの前を通り過ぎた。ぼくにはすぐさまきみだとわかり、きみにもぼくがわかった。それと感じられないほどかすかに、きみは肩を震わせて足を止め、真暗な広い道路を見つめていった。

「夜はなんて孤独で寂しいんでしょう、ほら、氷河までひび割れるのが聞こえる」

風はぼくときみの間を吹きすさび、月は光のない影だった。ぼくは風の中にかすかに、きみの喘ぎをとらえた。

「わたしは昔からあなたをよく知っていたわ」きみは風に揺れながら小声でいった。「あなたの窓辺には光る水晶球が置いてあり、天井には巨大な黒いこうもり傘が掛けてあった。ときにあなたがふと窓ガラスに目をやると、そこにはひげのない白い顔があった。つるんとして、まるで意味もない顔が。わたしはもと、桑の木の下の小さな家に住んでいたの。星明かりの晩には、いつも遠くでライオンが吠えていた。手探りで外に出ると、地面は毛むくじゃらの獣の皮みたいだった。わたしの心臓が縮みあがり、ひからびたレモンになるのが見えたわ」

ぼくは黙っていた。きみにあの草原のことを話したくてたまらなかった。風はとても熱く、空はとても青く、雀蜂は満天に飛び、人は草の上を駆け、遠くの飛行機はちっぽけなかぶと虫のように見えた……でもぼくはそのことをいわなかった。声になって出てきたのは、あの井戸のことだった。

「井戸水は少しずつ涸れていくんだ。ぼくは子供のころ、夜明け前に井戸端に座って泣いたことがある。どこかで夜鶯がものがなしく歌っていた。夜があければすぐに、ぞろぞろと人がやってきて、井戸の中に石をぶちまける。これは長い長い話だ、寒いな。その後、ぼくは自分の身なりに気をつけるようになった。葡萄をつないで首飾りにし、一連また一連と掛けた。明かりの消えた暗い部屋の中で、神経を張り詰めて、山が崩れるのを待っていた。屋根に鋏で穴をあけて狂乱した頭を出すと、かすかに山鳴りが聞こえてくるような気がした。こんな話、きっとうんざりだろうね、道路に、もしかしたら、だれかいるかもしれない。ぼくは、このへんをぶらぶらしてると、いつもそう思う。あの高い電信柱は突然人間になることがあるんだ」

道路に機械的な足音が伝わってきた。ぼくときみはすぐさまひたと寄り添った。地面は足元でなまめかしく放縦にうねっている。ぼくの心臓があなたの心臓を打つのがわかり、なんとはなしに落ち着いた。きみの呼吸はとても軽く、糸のように細かった。

「わたしの肌はある特別な水晶なの」きみはぼくの耳たぶに口をつけ、そっといった、「南国の山の林には数えきれないほどの小さな赤い実がなり、猛獣が茂みに身を潜めているわ」

ぼくは草原のことを、あの熱い風のことを、ますます話したくなった。けれども口を開いたとたんに、また路上のあの男のことを話しはじめていた。きみが瞬きして睫毛をかさかさと鳴らすのが聞こえ、ぼくは恥ずかしさに赤くなった。

「睫毛に氷がはっただけよ」

きみは落ち着きはらって、幼い子供でもあやすように軽くぼくの頰をたたいた。

「とても寒くなったわ。その男、実は存在していないのよ。静かに目を閉じさえすれば、わたしたちはすぐにも銀杏の木の下に現れ出て、頭上には星々の海が万丈の波を起こすの。焦ってはだめ、静かに、静かに。もしかしたら、いつか試すことになるかもしれない」

きみはずっとこんな風だった。だからどこにいても、すぐさまきみだとわかる。葡萄を胸に掛けていたあのころも、きみだとわかった。あのころきみはまだ小さく、道路標識のところに立って、じっとぼくを見つめていた。黒い眼がひどくきまじめだった。話しかけようと思ったのに、きみはさっと身を翻していってしまった。あれ以来、きみは二度とここには来なかった。でも、ぼくにはわかっていた、きみが現れさえすれば、すぐに気づくはずだと。ぼくはここでずっと旱魃と格闘してきたので、足の裏のひび割れから血が流れ、両の鬢は激しい日射しに灼かれて黄色くなってしまった。ああした黄昏をどうやって耐え忍んできたのか、もうよく覚えてはいない。槐の木の小枝が音をたてただけでたまらなくなり、屋根に鋏で穴をあけ、ひと筋でも光を入れようとしたものだ。ぼくの屋根はもう、穴杓子みたいになっている。

きのう、だれかがぼくの鶴嘴（つるはし）を盗んでいった。荒地の開墾に使っていた鶴嘴だ。ぼくは始終、何かちょっとしたものを植えているが、未だかつて育ったためしがない。雨が降らないからだ。午後いっぱい、ぼくはぼんやりと座って、その男が聞こえよがしにせっせと土を掘る音を聞いていた。このあたりは夜になっても星が出ず、切り紙みたいな贋の月が出るばかりだ。眼はとうに、闇の中でものを見るのに慣れてしまった。ぼくは石の上に身じろぎもせずに座っていた。きみがあの山を巡っているとき、ぼくにはその足音が聞こえた。ぼくは身震いしていった。

「ひとり」

石の上に座っていると、自分がこのすさんだ土地同様に老いぼれてしまった気がする。長く生きすぎたのだろうか？　いつのころからか、生命はあるひとつの方向に向かって果てしなく、虚しく単調に延びていくようになった。それをはっきりと区切るしるしは何もなかった。ぼくはかつてこの肉体からさすらい出ようと試みたことがある。おかげで眼玉が奇妙な色になり、二度と昼夜の区別もつかなくなってしまった。ぼくは蜜蜂を探しに出るふりをするけれど、それが馬鹿げたことだというのは知っている。

「抱きしめて、ぼくを抱きしめて。ほら、蟒が這ってくる。きみの爪先が大地の脈を踏んでるんだ」

「ああ、かまわないわ、かまいやしない！　わたしは以前、山の林の中を跳びまわっていたんだもの、服も着ないで。ここは夜になると本当に寒いわ。あなたはどうしてこんなに長い間生きてこれたの？　ずっとこんな風だったの？　子供のとき、本当に泣いたの？」

きみはたてつづけにたずね、手に息を吐きかけて足踏みしながらその場をぐるりとまわると、青白いきゃしゃな震える掌をぼくのみぞおちにあてた。

「昼、太陽が照りだしたら、本当にそんなひどいの？」

きみは、星のあるところから歩いてきたのだといった。きみの小さな家は桑の木の下にあり、その木の下に立つと夕焼けが火のように燃えさかっていた、そこを発ってからもうずいぶんになる、コクマルガラスは枯れ木の枝に二度も巣をかけたことだろう、と。

「土石流が物凄い勢いで山裾へ突進していったの。ある日わたしは薄灰色の墓地にやってきて、まる一日座っていた」

きみはきみの物語を終え、顔中を冷たい涙で濡らしていた。

「抱きしめて、ぼくを抱きしめて。蟒の牙がきみのくるぶしをねらっている。きみは大地の脈を踏んづけてしまったんだ。むこうの風の中に、もしかしたらだれかが立ってる……」

「あなた、電信柱だといったでしょう。待って、ちょっと待って、ああ、なんだか星々の波の音が聞こえたような気がする」

風は山の中から吹いてきたのだった。獣の皮の生臭いにおいがまじっていた。あるうららかな日に、ぼくらは強い陽射しの下、咲き乱れる山菊の中でうとうとしながら、飛んでいく雁を見るともなしに眺めていたものだ。ぼくはときどき、自分がもうこのことを忘れてしまっているのに気づく。

「最近ぼくはあちこち探しまわった。あそこに立つと、目の前には枯れ枝の千切れた影が揺れているばかりだった。それでたちまち悟った、もともと何もありはしなかったんだ。ぼくは空っぽの頭を抱えてしゃがみこみ、あることを必死になって考えていた。ぼくの話、長くて退屈だろう。ほら聞いて、地面に霜がはってる。もう一度見てみようよ、ひょっとしたら夜鷺がまだ一羽残っているかもしれない、飛びおくれたちびすけが」

ぼくは吾木香(われもこう)と鳳尾草(いのもとそう)と薔薇(ばら)を植えたことがある。あのころはこぬか雨が降った。その帰りのぬかるんだ小道で、ぼくはきまってあの男に出くわしたものだ。男はとがった笠をかぶって頭を低く垂れていたため、その眼は見えなかった。ぼくは大急ぎで男と擦れ違い、そのたびに何かを失ったような気がした。そんなことが何年も続いた。やがてもう二度と雨は降らなくなり、ひとたび風が吹くと、地面は埃に覆われてしまった。ぼくは相変わらず男に出くわした。広い道の端の電信柱の下に立っていて、笠はかぶっていないのに、相変わらず顔は見えなかった。男の顔はいつまでもぼうっとかすんだままだ。男がそこに現れるので、ぼくは擦れ違い、また例の喪失感を覚えるのだった。今ではそれも年ごとに薄れてきている。もしかしたらいつの日か、二度と彼を見分けられなくなるかもしれない。

　きみは相変わらずあのことを考えていた。きみはいった。

「もしふたりで手に手を取って、目をつむったまままっしぐらに歩いていったなら、ひょっとすると桑の木の下の小さな家にたどり着けるかもしれない。あの曲がりくねった小道はときに、紫色の荒漠の中にふっと見失われてしまうの。わたしはとうにあの場所のことを忘れてしまった。ほらさわって、わたしの髪の毛、馬の尻尾みたいにごわごわしてる。寒い風に吹きさらされたから。あなたの家は年中窓をあけ放ってある。どうしても道路のあの影から目を放せないのよ。木の影や蝶の影が目の前で揺れるたびに、あなたはいらいらと落ち着きなく歩きまわり、ため息をつき、壁をたたいてうつろな音をたてる。でも柳蓼（やなぎたで）が雪の原に小さな白い花を開くころ、わたしはあなたの窓辺に立ち止まり、あなたと目を見合わせて笑うの。あなたの眼にはふたつの金の太陽が映り、口髭までが金色に染まってきらきらと輝く。もう少しの辛抱さえできたら、いつか、試してみましょう」

あの男がまた電信柱のそばに現れた——ひょろ長い真っ黒な影。ぼくはじっと男を見つめた。うらめしく、恐ろしかった。

「静かに、静かに！」きみの声がせっぱつまったささやきに変わった、「見て、あの星の波の中の鰈を。太陽と月が同時に昇ろうとしている。なまめかしい大地が腰をくねらせている……静かに。古い木の下で、若い頭がすずやかにすき透っている！」

（三）

きのうの夜わたしはまた出かけた。思いがけない災難に遭うといけないから夜歩きをしないようにと、かつてあなたはいった。その警告は覚えていたけれど、それでもやはり憑かれたように出かけてしまった。わたしはひょいと足をあげ、ふわりと階段を舞い下りた。目の前は見渡すかぎり白々としており、わたしは高いビルの間をぬけ、ざわざわと鳴る木々の林をぬけ、古い岩の間をぬけていった。それらはみな寒々とした色調のない光を放ち、忘れられたどこかの場所のように古び、空虚だった。全身薄灰色の夜鳥が一羽、かたわらをいっしょに飛んでいたが、わたしには、それが鳥ではなく、ずっと昔に台所で折った紙の折り鶴だということがわかっていた。それはわたしの最後の日まで、ずっといっしょについてくるのだ。

わたしは子供のときから空を飛べた。これはわたしだけの秘密だ。なぜならわたしが飛んでいるとき、他の人には姿が見えないのだ。何か怖いものが追いかけてきても、そっと爪先立ちさえすれば、たちまち電信柱に飛び上がることができる。わたしはあの屋根の棟に口づけし、怖がりながらも得意になっている。向きを変えるのもいたって簡単だ。片腕を上げるか下げるかさえすれば、すぐ思いのままにできるのだ。わたしは身軽だしすばしこいから、未だかつてつかまったことがない、一度も！　でも、きのうはちょっと調子が悪くなった。家を出ると間もなくこぬか雨が降りだし、空はまだ明るいのに目の前がますます薄ぼんやりしてきたのだ。きっとまた、いまいましい風邪のせいだろう。わたしは老木の枝につかまり、しばらくそこでひと息入れた。そしてあなたのことを思いだした。あの日、あなたの胸に抱かれてため息をつきながらあなたの髪の毛や頬をなでていたら、ふと、遠くの小さな林の中

図書案内

No.884／2019-4月　平成31年4月1日発行

白水社 101-0052 東京都千代田区神田小川町3-24／振替00190-5-33228／tel. 03-3291-7811
www.hakusuisha.co.jp/ ●表示価格は本体価格です。別途に消費税が加算されます。

貿易戦争の政治経済学

——資本主義を再構築する

ダニ・ロドリック
岩本正明訳■2400円

ポピュリズム的ナショナリズムと高度産業社会に充満する不安を理解するための必読書。フランシス・フクヤマ、ラグラム・ラジャン推薦。

地図と鉄道省文書で読む私鉄の歩み

関西2　近鉄・南海

今尾恵介
■2400円

「鉄道王国」日本の歩みを、鉄道会社職員や沿線住民の声と当時の地図から浮かび上がらせていく。カラー地図多数掲載。関東関西全5巻。

メールマガジン『月刊白水社』配信中

登録手続きは小社ホームページ www.hakusuisha.co.jp/ の
登録フォームでお願いします。

新刊情報やトピックスから、著者・編集者の言葉、さまざまな読み物まで、白水社の本に興味をお持ちの方には必ず役立つ楽しい情報をお届けします。(「まぐまぐ」の配信システムを使った無料のメールマガジンです。)

エクス・リブリス

海の乙女の惜しみなさ

デニス・ジョンソン［藤井光訳］

二〇一七年に没した鬼才が死の直前に脱稿した、『ジーザス・サン』に続く26年ぶりの第二短篇集。「老い」と「死」の匂いが漂う遺作。

（4月下旬刊）四六判■2400円

路地裏の子供たち

スチュアート・ダイベック［柴田元幸訳］

『シカゴ育ち』『僕はマゼランと旅した』の作家による第一短篇集。少年の日々を追想して、心に残る11篇。日本の読者へ特別寄稿を付す。

（4月下旬刊）四六判■2800円

ピエロ・デッラ・フランチェスカ《キリストの鞭打ち》の謎を解く

——最後のビザンティン人と近代の始まり

シルヴィア・ロンケイ［池上公平監訳　長沢朝代・林克彦訳］

優れた数学者でもあった画家の代表作に秘められた、注文主・真の主題・構図・描かれた人物の謎を、当時の激動の世界史から読み解く。

新刊

ことばを紡ぐための哲学

——東大駒場・現代思想講義

中島隆博・石井剛［編著］

「炎上」からヘイトスピーチまで、敵が敵を生む〈ことばの過剰〉に抗して、ともに生きる場を恢復する、「知の技法」のこれから。

（4月下旬刊）四六判■2000円

見ることは信じることではない

——啓蒙主義の驚くべき感覚世界

キャロリン・パーネル［藤井千絵訳］

天才をつくる食事、盲学校の設立、おならを芳香にする薬……啓蒙主義の時代、人々は身体感覚を通じて世界をどう捉えなおしたか。

（4月下旬刊）四六判■3400円

ナショナリズムと相克のユーラシア

——ヨーロッパ帝国主義の負の遺産

宮田律

「ナショナリズム」をキーワードに中東・ヨーロッパに遍在するさまざまな対立軸を俯瞰し、その歴史的・思想的背景を明らかにする。

（4月下旬刊）四六判■2600円

料理

■1900円

文字を1字ずつ丁
音声付。
旬刊） A5判■2200円

謎を解く

人語話者は不定冠詞と定冠詞を
正体を探る謎解きの旅。
（4月中旬刊） 四六判■2000円

ドイツ語質問箱 100の疑問

とだらけ。学習者から寄せられたさまざまな
さしく丁寧に答える待望の一冊。
（4月中旬刊） 四六判■2200円

ランス語圏文化をお伝えする唯一の総合月刊誌

ふらんす

☆特集「ジュール・ヴェルヌ　驚異の旅」倉方健作・石橋正孝・藤元直樹・新島進 ☆「レ・ロマネスクTOBIのジュ・ヌ・パルル・パ・フランセ」☆「ジャニックの紫陽花通信」Janick Magne ☆「フランス語、中等教育の現場から」松田雪絵 ☆「パリ風俗事典」鹿島茂ほか

号（4／22頃刊） ■691円

エクス・リブリス

郝景芳短篇集

郝景芳（ハオ・ジンファン）　及川茜訳

ヒューゴー賞受賞の「北京　折りたたみの都市」ほか、社会格差や高齢化、医療問題など、中国社会の様々な問題を反映した、中国SF作家初の短篇集。全7篇。

四六判■2400円

ヒョンナムオッパへ

韓国フェミニズム小説集

チョ・ナムジュ、チェ・ウニョン、キム・イソル、チェ・ジョンファ、ソン・ボミ、ク・ビョンモ、キム・ソンジュン

斎藤真理子訳 『82年生まれ、キム・ジヨン』の著者による表題作ほか、ミステリーやSFなど多彩な形で表現された7名の若手実力派女性作家の短篇集。

四六判■1800円

白水Uブックス　223

カモメに飛ぶことを教えた猫

（改版）

★劇団四季がミュージカル化！

ルイス・セプルベダ　河野万里子訳

黒猫のゾルバが、ひん死のカモメに誓った三つの約束。その約束をまもるには、大いなる知恵と、なかまたちの協力が必要だった……。

新書判■900円

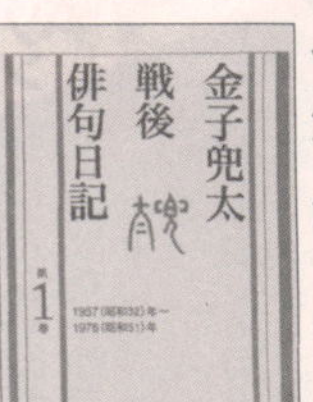

金子兜太戦後俳句日記

第一巻　一九五七年〜一九七六年

金子兜太

戦後俳壇の第一人者が、61年にわたり書き綴った日記をついに刊行。赤裸々に描かれる句作の舞台裏。知的野性と繊細な感性が交差する瞬間。

A5判■9000円

り
祀

フクロウ その歴史…
デズモンド・モリス［…
四六判■2800円
知恵のシンボルか、それとも凶兆の使者か？　謎めいた鳥の歴史・文化・生態を、著名な動物行動学者がユーモアを交えて解き明かす。

フクロウの家
トニー・エンジェル［伊達 淳訳］
A5判■3000円
画家、彫刻家として名高い著者による、フクロウと共に生き、触れ合った日々の記録。緻密な観察に基づく美しい挿画を約一〇〇点収録。

好評既刊

…崎博康訳］
…連はいかに
…ュリツァー賞
…各4000円

…［野原慎司・林 直樹訳］
そして批判されてき
をキーワードに世界的権

…のコモンズ
四六判■2600円

…侍鳥聡史・宇野重規［編著］
…た「公共性」論を振り返り、
…おける「公私」概念を〈コモンズ〉
から展望…
論集。
四六判■2400円

マルコムX（上・下）
—伝説を超えた生涯
マニング・マラブル［秋元由紀訳］
四六判■各4800円
自伝や映画では描かれなかった生身の人間マルコムとしての生涯に光を当て、当時の社会状況の中に位置づけた評伝の決定版。

にあなたが隠れているのが見えた。とはいえ、そこに見えたのは実は、一枚のカラー写真、大きな立体写真に過ぎなかった。写真の中のあなたは、見え隠れしながら動くこともでき、この木と思えばまたあの木の陰に隠れたりした。あなたの顔もひっきりなしに変わり、わたしの伯父さんの顔になったと思うと従兄の顔になり、かと思うとまた、あなたみたいだけれどあなたではない顔になった。聞くところによると、最近はビデオのような写真があるのだという。この話はいつだったか、ある仮設の空き家の中で聞いたのだが、その印象がいつまでも忘れられない。もしかしたらこれがその写真なのだろうか？　わたしは自分が見たことを、わたしを抱いているあなたにいおうとしたが、口を開いたとたん、あなたがいないことに気づいた。なんとわたしは草地に横になって、ひとり遊びをしていたのだった。とはいうものの、カラー写真はまぎれもなく本物だった。秋の落ち葉がさらさらと鳴っているとき、あなたはあのうずたかく積まれた丸太の上に座って頬杖をつき、釣鐘型のガラスの覆いの中にすっぽり入っていた。あのとき、わたしはそのガラスの壁に頭からぶつかっていって、爆弾が炸裂するような音をたてたものだ。一度わたしは、どうしても伯父さんを訪ねて、この件についてはっきりさせてやろうとひそかに決心した。一体、世の中にこんな写真があるものなのだろうか？　なぜ物心ついたその日から、わたしにはいつもこれが見えるのだろう？

伯父さんには、これは途方もない謎々なのだといってやろう。それを見ればとたんに正しい答えが出せるのに、ひとたびそれが消えるとまたまた謎に戻ってしまい、探しあてた答えもすっかり忘れてしまうような、そんな謎なのだと。問題は、それが呼べばすぐ来るのではなく、こっちがすっかり忘れたころに、またふっと目の前に現れることだ。写真の中の人物にしても、決して意のままにはならず、ときにはあの人だけれど、ときにはまた思いもよらない、とうの昔に連絡の途絶えたような人なのだ。あの人が現れるかどうかは、こちらの逢いたさとはまるで無関係で、招かなくてもむこうからやってくる。わたしは伯父さんに尋ねてみた。けれども証明のしようもなく、しどろもどろにわけのわからない話をひとくさりして、つかみどころのない譬え(たと)を数えきれないほど出したあげく、伯父さんをひどく不思議がらせたばかりだった。

いまいましいこぬか雨のせいで、寒くてたまらない。でも雨降りの天気にはバランスを失ってしまうから、このまま帰るわけにはいかない。あなたが無意識に口づけしてくるたびに、「愛しい人」とわたしはいった。ところがわたしがそのことばを口にすると、あなたはたちまち青ざめて冷たくなり、あたりを見まわして想像の雀蜂から逃れようとするのだった。だからわたしはそれから慎重になり、二度と「愛しい人」とはいわなかった。出かかることばを喉元にとめ、黙って指であなたの髪をすいてあげた。それでもやはり同じだった。あなたは気づいた。あなたにはわたしがあのことばをどこでとめたかがわかった。あなたは相変わらず青ざめ、震えながら、お面のように凝固した表情で、声もなくいった。

「ぼくの左足は萎縮症にかかってるんだ。きみはぼくのことを、黄昏に河原にしゃがんで石を投げてるだれかと勘違いしてるんだ。こんな勘違いを、きみは一生に少なくとも二度はしてる」

あなたは暗にほのめかした。あちこち飛びまわれるからといって、何もかも見通せるなどと思ってはいけない。わたしには、たとえばあなたのことが見通せないはずだ。あなたは写真の謎などよりはるかに大きな謎で、その存在すら問題なのだから。あなたの存在をこんなに信じこむべきではない。なぜならあなたは、いつかある朝、人ごみの中に消えて、無数の見知らぬ顔のひとつになってしまわないとも限らないのだし、あなたが去っていかなくても、わたしの方が、あなたが黄昏に石を投げているあの男でないことに気づいて去っていくかもしれないのだ。そのときわたしは自分の軽率さを思い知って、うつろに笑いだすことだろう、と。

この雨はすぐには止みそうにない。そういえば林を出たところに石の塔があった。あの中に入れば休める。

「オレンジ色のヨットが海上をゆったりと進んでひと筋の細くて赤い線を残し、ひとりの老人がごほんと咳をする。きみがそこまで信じきってるなんて、不思議だな」

あなたは釣鐘型のガラスの中に座って無表情にいった。

林を出てようやく、塔などないことがわかった。あの塔は林のはずれにではなく、海の波濤の中にあるのだった。塔のてっぺんには緑色の灯がともっていたが、わたしは十歳のあの年にそれを一目見て一生忘れられなくなったのだ。ちょうどあのカラー写真のように。一枚めのカラー写真はわたしが八つのとき、ベッドの枕元の棚の上に現れた。背景は一面の黄緑の草地で、その真ん中で、刺繡入りの空色の半ズボンをはいた男の子がサッカー・ボールを蹴っていた。わたしが指で写真をつつくと、その子は目をぱちくりして、いたずらっぽく片足を振りあげてみせた。あのときは本当にあっけにとられてしまった。わたしは空き地の上を休みなく旋回していた。たくさんの動物たちが地面のあちこちをうろついており、中には猪や豹までいるので、うかつには降りられないのだ。わたしは上へ下へと滑空しながら、それでも、あなたといっしょに横になったあの岩を見分けることができた。上から見下ろすと、あの岩は黒ずんだ丸い斑点で、薄灰色の体にできた壊疽のように見える。

あなたの掌は温かく柔らかかった。岩の上に横になっていて、わたしはそう感じた。あのとき、陽射しがあなたの口髭を栗毛色に染め、あなたの重い寝返りが岩に幾筋もの亀裂を走らせ、数えきれない雀がばたばたと空のかなたへ飛び立っていった。わたしがその感じを話したら、あなたはひどく驚き、すぐさま丸い小石を拾って粉微塵に握り潰した。

「何もかも存在してはいないんだ」

あなたが腕を振りあげて、大きな、不確かな弧を描くと、あなたのうしろを透明な白い蝶が、一匹また一匹と物憂げに、斜めに飛んだ。

「わたし飛べるのよ」

わたしはまた元気を出してあなたと張り合おうとした。

「あなたの手は確かに素敵なのよ。わたし、鶴を折ってるとき、泣きだしたわ」

あなたは意味ありげに目くばせしていった。

「それだって同じさ。人為的なたくさんのものが、ぼくらが存在しないことを証明している。ぼくらはあのひらひら飛んでいる白い蝶にすぎないんだ。きみがぼくの掌を感じているときだって、もしかしたらまったく別な男の手で、しかもその男はとうに人ごみの中に消えてしまっているかもしれない。その感じは長い間きみの頬に残るけれど、それとその男とはまるで無関係なんだ。きみは探しにいくかもしれないが、永遠にはっきりさせることはできない。彼はときには黄昏の河原で石を投げているが、ときには塔のてっぺんに現れ、ときにはまた船のへさきで網を打っていて、その度ごとに別人なんだ。きみは胸のときめくイメージをひとりまたひとりと当てはめていかねばならないが、それでもその度ごとに本物に思え、生き生きと見える。男たちはそのモデルに血肉と魅力を与え、人の魂を抜きとらせ、永遠の若さを保たせる。ところがきみの方は……」

「どうしてわたしにキスするの？」

あなたはわたしの問いには答えず、あなたのあの幽雅な指は、わたしの手の中でゴム紐のようなものに変わった。握りしめると、激しく脈打っていた血管が破裂してじわじわと血液が滲み出し、真っ赤な蛭（ひる）のようにゆっくりと腕の上をのたうった。

十五歳のあの年、わたしはころんで足を傷め、ベッドに横になって何千羽も折り鶴を折った。ある日の朝、痩せて緑がかった首を窓から出すと、木枯らしが骨身にしみた。窓の下ではがやがやと人の群れが騒いでいた。暗くなるまでそこでずっとぼんやりしていたら、氷と霜のせいで窓がまちにぺったり貼りついてしまった。あのときは、あやうく腕を切断するはめになるところだった。まだ覚えているが、あの折り鶴たちはとりどりのきれいな色（わたしが想像した色）をして、きゃしゃで優美だった。とうとうある日のこと、あなたによく似たひとりの青年がわたしの部屋に入ってきて、床に放りだしてあったあの折り鶴を見た。彼は長いこと黙りこくっていたが、やがて腰をかがめてあの小さな鶴を拾おうとした。わたしは慌てて彼が拾おうとしたその鶴を踏んづけた。わたしたちの視線がぶつかって一列の火花を散らし、彼の鬢（びん）の先にひと筋の傷跡が見えた。彼こそあの人だった。その傷跡のある顔を、わたしは実によく知っていた。わたしが話したこうしたこと、これがあなたの過去の経歴なのだ。わたしたちは昔、何度も逢った。かつてわたしは鶴を折る少女だった。もちろん、あのころの面影はまるでなくなってしまったけれど。

雨がやんだ。すぐに飛んで帰ろう。仮設の空き家の中で、壊疽のような岩の上で、わたしはまた思いがけずにあなたに出会うことだろう。あなたはきっと無意識のうちにわたしに口づけする。でもわたしは、今度こそいってやろう。

「あなたこそ彼で、わたしはあの女。河原にいて、灯台にいて、船のへさきにいた、そして真昼の烈日の砂州にいて、黄昏の金木犀（きんもくせい）の林の中にいた……。南国の暖かなこぬか雨の中で、紅薔薇（べにばら）のつぼみは今にもほころびようとし、真っ白な人影がひとつ、煙る霧雨の中にたたずんでいる」

（四）

二度めに逢ったとき、あなたはあのゲームをしないかとそそのかした。

「きっと想像もつかないほどいい気持ちだよ」

そういったときあなたは大きな眼をきらりと冷たく光らせ、わたしは、ある暗い夜にあなたの窓辺に置いてあった水晶を思い出した。その水晶はいつも突然光り、妖しく、冷たい炎にはどこか凄味がある。わたしは本能的にあとずさりして、あの片すみにひっこんだ。そしてうしろのあの白壁を爪でほじくりながら、動じないふりをして変な笑い声をたててみせた。その笑いを武器に、ふてぶてしく平気の平左を装い、あらぬ方をきょろきょろ眺めまわした。炎は消え失せ、あなたの眼はふたつの平べったい黄色いガラスになって、暗くどんよりと濁ってしまった。

「間違いないというのに」

あなたは苛立たしげに依怙地（いこじ）に足を踏み鳴らし、飛びだしていった。がらんとした部屋にあなたの足音が反響し、床は裂けた。わたしの爪は漆喰をごっそりかき落としていた。

　わたしはすでに多くの町を通り過ぎた。町には大勢の人がいた。眼は平べったい黄色いガラスで両手は氷のように冷たくこわばっている、そんな人々だ。町じゅうの人々はみな、数えきれない魚のように往ったり来たりしている。わたしは毎晩林に逃げこみ、狼のように空を仰いで遠吠えした。わたしはあなたを失った。これからもまた多くの町を歩いていかなければならない。何かの希望を抱いているふりをして、休みなく歩いていくのだ。

　深い眠りの中で、あの冷たい炎は燃えだし、光はわたしの五臓六腑を貫いた。あの光は実はわたし自身のものだったのだ。それなのにわたしはあなたの眼の中にあの光を見出した。もしかしたらわたしたちは同じ眼をしているのかもしれない。もしかしたらわたしたちの眼の光は、相手を明るく照らすことはできるのに、自分の魂の方は永遠に一面の混沌のままなのかもしれない。わたしたちは相手の眼の中にしか自分を見出せないのだ。寝静まったがらんとした町に一匹の狼がいて、藍色の空にぽつんとひとつ、金の鉤が掛かっている。

　わたしはついに想像の中であのゲームをしようとした。わたしたちは肩寄せあって絶壁の縁に座り、四本の足をぶらぶらさせながら靴のかかとを崖の石にぶつけて大きな音をたてた。あなたは落ち着きはらっていた。もう何度もこのゲームをやったことがあるのではないかとわたしは思い、つい恨めしくなった。鬼火がぼうっと深い谷間に漂い、灌木の繁みからひそひそと囁く声が聞こえる。

「えいっとひと跳びさえすれば、新しい魂が手に入るんだ。ちっともむずかしくない」

あなたはわたしを誘った。だがその声にはどこか不確かなものが感じられた。

「そしてあなたを失うのよ」

わたしはとっさにあなたのことばを引き取り、自分がしだいにあの崖の石に溶けこんでいくような気がした。あのゲームにはどうしても踏み切れない、たとえ空想の中でも。

わたしはむしろ、あの、わたしの眼を永遠に燃えあがらせる怪しい炎（あなたもそういったことがある）のことを思っていたい。とはいえ、わたしの光はわたし自身を照らしはせず、魂は永遠に暗がりの中にある。ぜひとも、おびただしい黄色いガラスの中から、この暗がりを照らしてくれる眼を探し出さなければならない。ひとたび探しあてれば、またもや恐るべき深淵に直面するのだけれど。

あなたは間違ってはいなかった。わたしが間違ったふりをしていたのだ。まだ覚えているが、わたしは無表情に、冷やかに、あなたにいった。

「何もかも目茶苦茶よ」

けれどもそういいながら、わたしはうしろの壁をかきむしって、爪を二枚もはがしてしまった。もう何年にもなるが、かつてあの木には紫の桑の実がなっていたのだ、だれが忘れられよう。あの一面にほの暗い肥えた土地には、淫蕩な植物が根に根を連ねて鬱蒼と生い茂り、目に見えない妖怪が出没した。あの日、あなたの眼の光はその上をかすめた。あなたは何が起こったか知っていたの？　何が起こったか知っていたの？

ずっと探しているうちに、もしかしたらまた出くわすかもしれない（この世界はとても広い）。これはどうにも抜けられない悪循環なのだ。怪しい影が薄暗がりの中にむくむくと立ち昇り、毛むくじゃらの植物がみるみる膨れあがる。あの鉄の檻に閉じこめられた狼さえも、狭い天地を日夜走りまわっているではないか。あるいはいつの日か、わたしはあの全身の骨が砕ける快感を味わおうと決心するかもしれない。

夜明けに目覚めて外に出ると、大勢の人々がわたしの脇を通り過ぎていった。わたしはそこに突っ立って、その見知らぬ顔々を緊張して見つめながら、聞こえよがしの大声でいった。

「あなた方の中にきっとひとり、わたしの知ってる人がいるわ」

わたしは夜までずっと立ちつくしていた、誰かに意地でもはっているように。ありとあらゆる人々がわたしの前を通りすぎていった。それはみな通りすがりの者で、垢じみた外套を着ていた。わたしはいつもこんな風に一日をやりすごす。

あなたは突然飛びこんできたのだった。あのときわたしはテーブルの上で砂時計をもてあそんでいて、うしろからとんとんと足音が聞こえたので、ぴくりと眉をそびやかした。

「ぼくを見ろよ」

あなたは乱暴にいった。わたしは振り返ろうともせず、ひたすらあの砂粒を見つめていた。砂時計のガラスには、わたしの陰気などす黒い顔が映っていた。わたしにはその同じ場所にもう、はっきりとあなたが見えており、振り返るまでもないことを、あなたはよく知っていた。それなのにあなたは飽きもせず、また同じことを繰り返した。

「ぼくを見ろよ」

あの日、わたしはとうとう振り返らなかった。あなたは来たときと同じように、突然虚空に消えた。

「それにしてもあの桑の木はもう、なんと遠いまぼろしになってしまったことだろう!」

わたしは長いため息をつき、もはやきちんと立っていることができなかった。

わたしは疾走する汽車に乗り、果てしないトンネルの中を幾千里も旅した。あなたの声がトンネルの中で金属のように震えつづけている。

「ぼくを見ろよ！！！」

ひとりの青年が向かいの席に座り、わたしがなぜ何もないガラス窓の方を向きっぱなしなのかと訝（いぶか）っていた。その男のあごは少しあなたに似ていたので、わたしはつい振り向いて寂しく微笑み、悔やむようにいった。

「ほら見て、わたし、あれを失くしてしまったわ、馬鹿ね。あるところで、地を這う蔓草（つるくさ）が桿菌（かんきん）のように繁殖してる……もしかしたら彼が正しいのよ、わたしときたら、何を気がふれたみたいに走りまわってるのかしら、逃げられやしないのに」

わたしは砂時計をあの部屋に置いてきた。この手口にはどうも多少下心があったような気がするし、さりげなく媚（こ）びていたような気もする。だからわたしは道中ずっと、自分は公明正大なのだと自分にいいきかせ、一度また一度と微笑もうと努めた。じっと思いにふけっていると、あなたがテーブルに向かい、あの小さな砂時計をもてあそんでいるのが目に浮かぶ。あなたの蒼白な顔があのガラスに映り、満腔（まんこう）の悲憤をたたえ、口もとに意地悪な嘲笑を浮かべている。その同じ場所からあなたにははっきりとわたしが見えるけれど、わたしにはあなたのうしろ姿と、そしてあの馴染み深い手しか見えない。その手のなんと生き生きとしていることか！

「きみは帰ってくるしかない、出口などあるはずがないんだ。わかりきったことだ」

あなたは眉をしかめてひと声うめく。何かの傷がひどく痛むのだ。もちろんよ、あのゲームは簡単そのもの。断崖がかすかに震え、深い谷間に鬼火が浮かぶだけ。

ひとりの女がいつもわたしのあとからついてくる。あの髪振り乱した野蛮人ときたら、何かというとホッホッと狂ったように笑うのだ。彼女のせいでわたしは振り返ることができず、何かなたの雲ばかり見つめている。ある日にわか雨が降ったので、わたしはあるみすぼらしいあずまやで雨宿りをしていて、ふとぎくりとして振り返った。女は十メートルも離れていないところにびしょ濡れで突っ立っている。明らかに、わたしに向かってしゃべっているのだ。

「だからどうだというのさ、何も証明できないんだよ。わたしだって眼の光る人を大勢見たけれど、みんな醜い盲人で、夜になれば畑にとんでいって死に物狂いで草の根っこを漁(あさ)ってるんだ。ひとりひとりが自分のことさえもてあましているというのに、あんたにまた何ができるというのさ」

「大切に……」

わたしはしどろもどろにいった。女が荒々しく遮(さえぎ)る。

「お聞き、毒蛇、それに狼さ。あるところで、そいつらがどんな風にあんたを脅してるか、わたしは知ってるよ。あの植物たちは黒い風の中で猛々しく吼えたてるんだ。あんたも大変だね」

ひょっとしたらわたしは、天地の涯まで歩きまわらねばならないのかもしれない（ときには徒歩で、ときにはトンネルを走る列車に乗って）。ところがあなたは終始元の場所に留まり、哀しげに、でも落ち着いてテーブルの前に座り、ガラスに映った女の胸像を見つめている。時は飛ぶように過ぎていくけれど、あなたはいつまでも若い。今こそわかった、確信がないのはわたしの方だったのだ。わたしは永遠に慌てふためいて逃げまどい、たとえはっきりしたとしても、やはり致命的な矛盾の中にいる。あなたは、春になればわたしはきっと戻ってくると予言した。その日、あなたは机から立って戸をあけにいき、愕然とすることだろう、白髪ぼうぼうの女を見て……。

ひとつの町に着くたびに、わたしは、あなたが道路標識のところに立ってわたしを待っていてくれるのだと想像する。十何年も前にわたしはそういう標識を覚えたのだ。わたしはそのそばで足を止め、それからあたりを見まわして、恐る恐る爪先で土を蹴りながらゆっくりとまわるのが好きだ。あの古びた標識は、いつも人に、なんだか親しみ深い幻想的な感じを与えてくれる。もちろんあなたは一度も現れたことはなく、これはまったくのひとり芝居、おかしなひとり芝居にすぎない。あなたはとうの昔に眼できっぱりとわたしに告げている、自分は元の場所に留まると。あなたはこんな風に傲岸のきわみで、たとえわが身が滅びようとも、一歩たりとも動こうとしない。きのうあなたの町のある人が教えてくれた。あなたは戸口に何本か木を植え、毎日時間を決めて水をやっているという。

「あれっ、あんたの眼はどうかしたの、光がこわいの?」その男はいった。

「そう、もうじき目が見えなくなるわ。この数えきれない重なった影……」

「黄昏の小さな花は柔和な思いをたたえ、青紫の霞(かすみ)はひとひらひとひら木々の陰にたなびく。わたしたちが胸の嵐を鎮めて林に駆けこんでいくと、全山にうぐいすの声が満ちている」

　窓辺に腰を下ろすと、つい夢みたいなことを考えてしまう。あのたった一本の小道はとうに、狂った灌木に塞(ふさ)がれてしまったというのに。だれが忘れられよう。わたしは道路標識のところに立って、その恐るべき光景を見たのだ。桑の木のことは、もともと作り話みたいなものだ。あまりそのことばかり考えていたら、幻覚が本物になってしまった。わたしはそう思ったし、今もそう思っている。

「待って、わたしを待って……」

わたしは雨の中でつぶやく。

（五）

あの日別れるとき、わたしは夜の出来事をあなたに話すのを忘れてしまった。走って逃げながら振り返ると、あなたがあの大きな石をいきなり断崖から蹴落とすのが見え、深い谷間にずしーんと大きな地響きがした。

毎日夜中を過ぎると部屋は騒がしくなる。さまざまな奇妙な声がしゃべり、高く低く波のようにうねる。ひとつの怪しい影が部屋の真ん中でさかんに手を振り、まるで何かを制止したがっているようだ。その影はきまって同時に咆哮をはじめるが、なんだかあいまいな威嚇のようなもので、真夜中ごろまで続く。その声のせいで部屋はかえって静まりかえり、空気はだんだんと希薄になっていく。そのとき電灯をつければ、窒息死したかげろうがつぎつぎに床に落ちていくのが見える。かげろうの羽根は痙攣しながら薄紅色に変わり、サッサッと音をたてる。わたしはその影を一匹の黒い山猫に見立てた。豹ほどもある両眼の見えない、凶暴そのものの山猫だ。海辺にいたころ、わたしはあなたにその山猫のことをほのめかしたことがあった。あなたはかすかに微笑み、宙に向かっていった。

「ひとつひとつのものにみな存在理由があるんだろう」

にわとりがひと声鳴くと影は去っていき、わたしはたちまち枕がずしりと重くなるのを感じる。そして腹を立てて起きあがり、力いっぱい枕を打ちたたく。連続的な爆破音のような音をたてて。あのかげろうたちよ。

ときには、あれは早めに去っていくこともある。そんなとき、わたしはある薄灰色の高地に取り残されてしまう。岩は冷たく、空は低く、地上にはぽつんぽつんと黒い丸い穴があいている。でも足の先で探ってみると、それは穴ではなく、影にすぎないのだ。何の影なのだろう？　左右を見渡しても、そんな影を落とすようなものは何もなく、あたりにはただ地面から突き出た岩があるばかりだ。しかも岩に丸い影などできるわけはない。

「おーい……0！　0！　0！……」

わたしは高地の上で大声であなたの名前を呼ぶ、冷汗を流しながら。こうして呼んでいると、何かしらふっきれたような気持ちになる。しかし奇妙なことに、それでも実在感はなく、わたしは相変わらずとらえどころがなく、ばらばらになったままなのだ。もし叫ばなければ、もっと恐ろしいことになる。黒い穴がたえまなく分裂しながらどんどん増えていき、高地全体が蜂の巣状になって、立っている場所すらなくなってしまう。あの穴が影に過ぎないと承知してはいても、やはりむやみには踏めない。なぜならこれは普通の影とはちがい、無い物の影なのだ。ひょっとして落とし穴でないとも限らない。わたしはやはり、ひたすらあなたを呼びつづけるしかない。そのせいで毎日朝になるとわたしの喉は嗄れてしまっている。だから昼はまる一日ものをいわず、なんとか喉を保護して、夜中に突然出血しないようにしなければならない。出血はもう二度もあった。凄惨な事態だった。口いっぱいの鮮血がいきなりどっと噴き出してきて、体中が血だらけになってしまったのだ。取り返そうとしても、身体は氷のように冷たい高地に残されたままで、顔をあげると、星までが暗紅色に変わっていた。

「0、0、0……」

わたしは声もなくつぶやきながら、救いのにわとりの鳴き声を待つしかない。眩暈のさ中にあって、にわとりがいつ鳴きはじめたのか、いつもわからずじまいだ。

わたしはべつにあれが嫌ではない。毎晩ひそかに待ちわびているとさえいえる。だというのに、あれはいつもわたしをあそこに置き去りにするのだ。しかもますます頻繁になってきている。引き止めようとするたびに、あれはたちまち煙のように消え失せ、わたしはとたんに自分が無人の高地に立っているのに気づく。これはつまり、妄想にふけるのもいい加減にして、成り行きにまかせよということなのだ。暗闇の中で眼を見ひらいてちょっと気流のにおいをかげば、あれがどこまで来ているかはすぐわかる。あれはかならず前足で窓がまちをたたき、それからさし迫った寒々した声で二度鳴き、その場を転げまわって例の咆哮を発する。そのくぐもった咆哮さえ聞けば、わたしはたちまちに一頭の白鯨になって、ふとんから泳ぎ出る。身を揺すりながら空中を泳ぎまわり、尻尾でそっと壁をたたくと、部屋全体がティントンと鳴る。わたしは澄みわたった虚空を泳ぎまわるのが好きだ。泳いでいるうちに、とめどない想いが湧いてくる。

わたしはあなたと手をつないで小さな林をぬける。吹きつけてくるのは、あのきまぐれな風、風はわたしの足取りを吹き乱す。でもあなたはどこまでも確かな足取りで歩み、かすかに目を細めてじっと前方のあの白い光を見つめている。

「あのね……」わたしの声が震える。

あなたはわたしの指を軽く握り、その先はいわないようにと合図する。

白い光があなたの額を照らす。

逃げ出したのがあまり急だったので、何ひとつ話す暇がなかった――わたしは誰か、どこから来たのか、わたしが歩いてきた河の堤に春と秋、何が生えていたか、なぜわたしは次第にひからびていくのか、なぜわたしは木の葉を集め、夜に窒息するあのかげろうたちを集めるのか。かげろうの羽根は薄紅色をしている。春と秋にはいつもきまぐれな風が吹く。わたしは風の中であなたを探しあてたのだ。あなたは木の下にたたずみ、黙りこくっていたが、若い額は歓びに溢れていた。風があなたの背に黄砂を打ちつけた。わたしの足はよろめいた。

「ねえ、河の堤に行ったことがある? 水かさが増したときに……」

わたしはせきこんでしゃべりだし、しゃべりながら手の指で砂埃を防いだ。

あなたは相変わらず黙りこくったまま、しきりにわたしを見ていた。木の葉から雨だれが落ちてきて、わたしの髪を濡らした。ついにあなたは低いため息をついていった。

「ぼくはきみを知ってる、きみは正にこんな風だった」

あなたに話したいことはたくさんあった。わたしが話している間、あなたは黙って静かにわたしを見守り、あの気流は澄みわたってかすかな青みを、憂鬱な淡い青色を帯びた。いつもわたしたちが同じ場所で逢うたびに、新鮮な冷たい雨のしずくが木の葉の間から落ちてくる、たとえ晴れていても。あのしずくはどこからくるのだろう。

あなたに話したのは、決してわたしの話したかったことではない。話したいことがはっきりいえなかった、どうしてもいえなかった。まだ覚えている、わたしは寝ぼけたように林のことや茅（かや）のことや、暗い部屋の足音のことを話し、岩の下にあるあの蜂の巣についてぐちまでこぼしたのだ。一体何をいっていたのだろう。わたしはいつも話がくどく、簡単なことを掻きまわして目茶苦茶にしてしまい、そしてまた後悔するのだ。夕日が西に沈むころ、わたしは戸口に座り、両手で頭を抱える。あなたはわたしの前に立ち、澄んだ眼でわたしに告げる、何もかもわかっていると。そこでわたしはまた勇気を取り戻し、もう一度やってみようと思う。もしかしたら今度は、話したいことがいえるかもしれない……それにしても、どうして逃げ出すことがあろう?

ずっと昔、どことも知らないところにひとつの高地があり、夜半になるとひどく陰気になったものだ。いや、そんなことは考えまい。わたしはいつも河辺のしだれ柳の下で、ひなたぼっこをしていたのだ。水かさの増す季節になると、わたしは期待に満ちて、ひねもす河の向こう岸を眺めていた。

「太陽をあまり見つめてはいけない」

きまって耳もとにささやく声がした。

「あっちで、だれかがブランコに腰かけてる」

春と秋の陽射しは少し頽廃的なにおいがする。だが沸き立つ河の水には生殖の息吹がみなぎり、木は水の中で腐ってぼこぼこ泡立っていた。

わたしとあなたは手を伸ばし、雨のしずくがぽつりぽつりと掌に落ちてくるのをぼんやりと数える。

「一、二、三、四、五……だれかがあそこで蛇をつかまえてる……」

わたしはまたしゃべりはじめる。一生、休みなしにしゃべりつづける定めなのだ。もしかしたら、子供のころ、兎(うさぎ)を飼っていたせいかもしれない。あれは大きな山のふもとに住んでいたときだ。馬鹿げた話だけれど、しゃべり過ぎて眼までやぶにらみになったのに、どうしてもやめられない。あなたがやって来るやいなやしゃべりはじめてしまう。生まれつきこんなにのぼせやすいのだ。他人は日に当たりすぎたせいだという。以前、焼けるような砂州をはだしで駆けていって、大声でわめいたことがあった。雨だれがわたしたちの掌の窪みに集まってきらめく湾になり、そこにひとつずつ、菱形(ひしがた)のにせの目玉が眠っている。

「五十三、五十四、五十五……」

あなたは声を出さずにまだ数えている。

「さまざまな高地がある」きのうあなたはついにわたしにいった、「逃げ出すことはない。もとの場所に留まってさえいれば、きっとひとりでに明かりが射してくる。ぼくはそうやって過ごしてきた。じっと息をひそめていればいいんだ。林の木陰の小道には、雨だれが絶え間なく落ち、どこまでいっても音が聞こえる。ぼくは昔、日に当たったことがなかった。ぼくらは大きな山の岩穴に住んでいたんだ。そういう暮らし、想像できるだろう。ぼくは毎日洞穴の中から、きみの歩くあの河の堤を眺めていた。まざまざと覚えているよ。きみが柳の木の下に横になっていたころ、ぼくは、きみが空を飛ぼうとしたのを見た。一度も成功せず、逆に足を折ってしまったね。その後何年も、あのびっこを引き引き歩く姿できみだとわかった。出会うのは運命だった。どちらが相手を探したのでもない。それに、ぼくらについてくるこの雨だれ、このしずくは、ある、永遠というものを黙々と訴えている」

あなたの小屋は荒野のむこうのはずれにあり、夜見ると、黒い毒きのこが地面から生えているようだ。あなたは明かりをつけていたことがなく、戸も閉めていたことがない。あの永遠の不眠を患い、椅子に腰かけて苛立たしげに時を数えながら、未だかつて本当に眠ったことがない。わたしがまっしぐらに駆け込んでいくと、あなたの声はいつも部屋のすみから響いてくる。

「ちょうどよかった、ぼくは豹を追い払ったんだ。きみが来るあの道で待ち伏せしようとしていたからね。大きいのが一頭に小さいのが二頭」

今夜、あなたと荒野にいこう。わたしは凧（たこ）をふたつ作った。ふたりで子供のころのように大声をあげてはしゃぎまわるのだ。あなたはわたしにいうだろう。

「ほら、あそこをごらん、雀蜂が乱舞している」

わたしたちは夜通し騒いでこの悲惨な不眠を忘れ、あの黒々とした町をも忘れる。腰をかがめれば、ミミズの鳴き声まではっきりと聞こえる。真っ赤な陽光が射してくるとき、わたしたちは突然ふた株のたまつづらと化し、その葉の上には雨のしずくが列をなして連なるのだ。

素性の知れないふたり

彼は老鷲（ラオチウ）に連れられてその男に逢いにいったのだった。ふたりは生い茂る柳の林をぬけ、河原に積まれた枯れた葦（あし）の中で男を見つけた。男はぼろの防寒帽を顔にのせてぐうぐう眠っており、はだしの足の指は大きく開いていた。老鷲（ラオチウ）は彼を引っぱっていっしょに横になった。まもなくふたりは、頭上に激しく逆巻いてくる洪水を見た。

「山崩れはこのすぐ近くだ」老鷲（ラオチウ）がふんと鼻を鳴らした、「この男が、彼が、何もかも知っている。ありとあらゆる疑問がこの地で終わろうとしている」

彼は頭の中でおのれをも人をも欺く物語をでっちあげはじめた。ちかごろ物語はひとりでにやってくる、走馬灯のように。水の泡がはじける音はかぼそかったが、地面に耳をつけさえすれば聞こえた。蚕（かいこ）が糸を引き、まゆを結ぶ音の方がいっそうかすかだろうか。ふたりはついにこの地にたどりついたのだ。ずっと前から彼には、老鷲（ラオチウ）に連れられてこの男に逢いに来る予感があった。だが、その日がこんなに早くこようとは。取り乱し、何の糸口も見出せぬうちに、事は起こってしまった。

その前日、彼と如姝（ルーシュ）は繰り返し話しあい、とうとうある妥協にこぎつけた。ふたりは寒風の中でひしと抱き合ったまま、それぞれ相手の脳裏のイメージを追った。

「行っちゃだめ」彼女はそういって、なんとくすくす笑いだした、「もちろん、ああいう手紙は書いてあげる。あなたは分厚いのをたくさん、一通また一通と受け取ることになるわ。でも、考え直す余地はほとんどなくなったわね」

　彼女は立ち去るとき音もたてず姿もみせず、あやしい風のようにふっと消えてしまった。彼には、今しがた彼女から受けたそんな感じと、五月のうららかな日を結びつけることが、どうしてもできなかった。毎年うららかな日がやってくる前、彼はぐっすりと眠り、隣家のいたずら小僧が真昼間に彼の窓をたたき壊し、粉々になったガラスが地面に落ちても、ふとんにくるまったまま蚕のふりをして頭をふらふらさせていたものだ。彼はいささか頭の弱い男だったので、如姝（ルーシュ）の失踪をそのときから数えようとせず、どうしても五年後のある日から数えようとした。頭の中の時間の観念がずれてしまったのだ。それは、老鷲（ラオチウ）にさえ予想のつかないことだった。老鷲（ラオチウ）も手紙を書いたことはある。その手紙は文字に成ったこともなければ、彼の手元に届いたこともなかったが、彼は長い五年の間にそれらを熟読した。彼は老鷲（ラオチウ）

が未だかつて自分を見逃してくれたことがないのを知っていた。河原で、彼はさまざまな思いが交錯するのを感じ、全身がひどく脆くなってちょっと動いただけでばらばらに砕けてしまいそうな気がした。彼の頭はみずみずしくてやわらかく、瓜の茎のようだった。老鷲はずっとその頭を馬鹿にし、ものの数に入れたことがなかった。けれどもあの日、物語は河の水が氾濫するように、そこから滔々と流れ出し、水中に垂れた頭髪はありとあらゆる姿を見せたのである。

「ぼくはべつにがっかりしてはいない」彼はある理由を考えはじめた、「親も兄弟もいないから、むしろかえってそれらしい。このことはますますはっきりしてきた」

「いかなくてもいいのよ」如姝がまたそういって、子供っぽく指で空に大きな丸を描いた、「空豆の花きーらきら」

あのことを決める前、ふたりはある廃屋の錠をこじあけて、中で三ヵ月いっしょに暮らした。その家は、とある奥深く狭い無人の路地のつきあたりにあって、薄暗い路上には散り敷いた枯れ葉が朽ち、路地入り口には年じゅう消えたことのない小さな電灯がともっていた。彼はその路地に入るたびに、ふとわきあがってくる恐怖を必死でおさえつけた。家の戸はいつも細くあけてあった。如妹（ルーシュ）が、戸をぴったり閉めると中の空気が一種の圧力を帯び、こめかみが痛くなるというのだ。彼女は障害者のように光をおそれ、音をおそれ、気流をおそれ、一日じゅうみじろぎもせずに静止した空気の中にちぢこまっていた。

「薄気味の悪いところね」

彼女はおびえて彼の胸につっぷした、炭のように熱く。

「ついてないわ、こんなところに来てしまうなんて」

ようやく夜が明けたので、彼が場所をかえようと提案すると、如妹（ルーシュ）は突然白い歯をきらきらさせ、たけだけしく眉をつりあげていった。自分はずっとこの家にいる、ここはいいところだ。もし彼がこんな雰囲気に耐えられないのなら、もう来なくていい、彼はもともとこんな気味の悪い場所とは無縁なのだから。彼女の方は、ここを終（つい）の棲家にするつもりだ、家の中は何もかもすばらしい！　その声はしだいにかん高くなり、つぎつぎに宙に飛び散る絶叫のようになった。ほのぐらい朝の光の中で、壁にまだらの影がゆらめくのが見える。そのとき彼の心にあの決意が芽生えたのだ。とはいえ、こういう家は、ものごとを決めやすい場所ではない。決裂の過程は痛ましいものだった。如妹（ルーシュ）は部屋の片すみに引きこもったまま昼も外に出なくなった。彼はそうした振る舞いのすべてをとんでもない尊大さとみなすことに決め、陰険に仕返しの計画を練った。あのにらみあいの日々に、彼女は彼にたずねた。この世に、身代わりというものがありうるだろうか？　たとえば彼女はもう自分の落ち着き先を見つけたけれど、人々（彼を含む）はそれでも彼女といっしょに暮らせるだろうか？　昔、人々が彼女といっしょに暮らしていたとき、実は彼女はいっしょにはいなかったのではないか？　ふたりが人群れから逃げ出してきて以来、暮らしは簡単になり、気ままになったが、以前のさまざまなことはみな偽りの形式だったのだろうか？　彼は彼女の肩甲骨をさすってどうでもいいような気休めをいいながら、相変わらず例の計画のことを考え、徹底的な解決はもう間近に迫っていると、ひとり思っていた。彼女をさする指は徐々に鉄の爪に変わった。だが彼女の方は絶望に陥っていた。この家に越してきたのは、彼の最後のあがきだといえた。彼は「柳暗花明又一村（リウアンホアミンヨウイーツン）」＊という詩の一句を思いだしたのだ。如姝（ルーシュ）は初めはさっぱり乗り気でなく、家の戸口につっ立ったまま長いことぐずぐずしていた。そして首をかしげて耳をすまし、今住み着くのはちょっと早すぎるとしきりにいった。住み着かなくてもいいのではないか、これではちょっと無鉄砲すぎはしないか。ふたりが別々に、どこか人のいるところに隠

＊——宋の陸游の詩『遊山西村』にある「山重水複疑無路」のあと続く句で、万策尽きたと思われるところに新たな可能性が現れる譬えに使われる。

れている方が穏当ではないか。このまま住み着いてしまえば、互いに相手の眼にさらされてしまい、どうもあぶないと。彼は、彼女が一貫してある予感をもっていたのを知っていた。だがあのときはのぼせて正気をなくし、彼女の話の含みにまるで気づかなかった。如姝(ルーシュ)はすぐ元気になった。電灯を消すと、イメージは泉のように湧き出し、彼女はつぎからつぎへと表情豊かに身ぶり手ぶりまでまじえて、まるで芝居でもしているように語った。だがあの独特のことばの色は、今ではすっかりぬけてしまい、ひとことひとことがみな透明にかすんでいた。彼はそのことを知っていたし、これだけを自分の生活にしたくなかった。幼いころから自分に、もっと大きな期待を抱いていたのだ。だから相変わらず朝早く出て夜遅く帰った。出かけるときはいつも、如姝(ルーシュ)の眼が背中にはりついているような気がした。だが彼女はしだいに彼を感じなくなったらしく、ひたすら空想にふけるようになった。彼が帰ってくるとあわててそっちを向いてむりやり微笑み、何事もなかったような顔をしてみせる。

「あなたの顔、こんなに蜘蛛の糸がかかってる」

彼女はまたぞろ千篇一律の前口上を始めるが、あとが続かない。ある晩、彼は無意識のうちに、昼のあいだじゅう何をしているのかと彼女にたずねたようだ。彼女はくつくつ笑いながら、忙しくて大変なのよといった。一日に少なくとも六回は汽車から跳びおりるので、足の裏がひび割れてしまったけれど、ひょっとすると老化の兆しかもしれない、数年前までこんなことは何でもなかったのに。

「それにね、暇を見てわたしたちのあの木を見にいってるの」

彼女はまじめくさっていった。

彼は痛ましい思いでそのでたらめを聞きながら、今まで知らなかった彼女の一面を見出して驚いた。彼女が外出などしていないのは明らかだ。静止した空気の中で顔には紫斑ができ、手足は日に日に痩せおとろえているのだ。ただ髪の毛だけは相変わらずふさふさして、血気盛んといえるほどだった。熱病にかかっていたあの夜々、彼はこの柔らかなひんやりするものに、よく頬寄せていたものだ。昼間の大部分の時間は、街の真ん中の公園に老鷲（ラオチウ）とただじっと座ってつぶした。老鷲（ラオチウ）は彼の状況を手にとるようにわかっていたが、ずっと何もいわなかった。彼がどういう人間かを、よく知っていたのだ。彼はどうしても夕方までねばってからあの家に帰らねばならない。如姝（ルーシュ）に昼間のことを見破られないよう、戸口の棕櫚（しゅろ）マットで音高く靴底をぬぐい、さもくたびれたようなふりをしてみせる。「おかえり！」如姝（ルーシュ）が猫みたいにひらりと飛びあがって、うしろから腰を抱きすくめる。「きょうはへとへとよ。一日で馬よりたくさん歩いたんだもの。ねえ聞いてるの？」如姝（ルーシュ）は痩せっぽちで小さく、ひよわで寄る辺なく、いかにもあわれっぽい。彼は老鷲（ラオチウ）の表情を思い浮かべ、思わず首を振った。

だれも如姝（ルーシュ）の素性をはっきり知らなかったが、どうやらはるか昔からこの地で生きてきたらしい。あの笑っているようないないような眼にその痕跡が残っている。例のとらえどころのないことばも、いつも人をむしゃくしゃさせた。事実、長い歳月の間に人々は彼女を無視するようになっていた。まわりの物事を見分けられる歳になると、彼女はその曖昧な立場をいいことに、好き勝手に振る舞うようになった。正（まさ）にそのときから、人は驚きの眼を彼女に向けはじめた。人々は彼女がどこからやってきたのか、どうしてこんな風なのかを知らず、これからどう変わっていくかはなおさら知らなかった。彼が彼女に出会ったのもこのころだ。もしかしたら、あれが如姝（ルーシュ）の全盛時代だったのかもしれない。万丈の気焔を吐いてやりたい放題、天真爛漫ともいえたし、悪辣千万なくわせものですらあったのだから。彼は孤独な青年時代に自分についてのさまざまな見通しをたて、この一生の間に自分の運命を自分と同類のある女と結びつけるにちがいないと考えた。彼は自分をひとつの「類」と見なしていたが、それに属しているのは彼ひとりきりだったので、如姝（ルーシュ）を探しあてたときは気も狂わんばかりに喜んだ。もしかしたら、ふたりとも逢えることを信じて疑わなかったからこそ逢えたのかもしれない。ふたりが知り合ったのは公園の古いベンチだった。夕日の残照の中でうたたねしているど、突然彼女がやって来た。うすっぺらで軽々して柳の葉のようだ。だれかを待ってでもいるらしく、いらだたしげにしきりに立ちあがってあたりを見まわしている。彼はしばらくしてようやく、女がベンチの上にではなく、そこから五センチばかり離れた空中に座っているのに気づき、幾度も眼をパチクリして、その世にも珍しい事実を確かめた。

「人が常識に反すると思うようなことが、わたしには毎日起こるの」

女はそういいながらこちらを向きもせず、ただ静かに空中に端座している。まわりに人はいなかったから、もちろん彼に向かっていったのだ。彼女がいったことを少し考えただけでなんだか寒気がし、妙な連想がとめどなく湧いてきた。女は終始彼に背を向けたままだったので、なんとか顔を見てやろうとしたのに、とうとう見られなかった。やがてある日、ふと思いついてつくづく眺めてみたら、彼女はとうの昔からたびたび彼の記憶の中に出現しているのだった。

「如（ルー）——姝（シュ）」彼は勇を鼓して女の名を呼んだ。「きみはどこから来たの？」

彼の呼吸は早まり、瞳孔はたえまなく分裂した。夕靄（ゆうもや）がたれこめはじめる中に、彼女のシルエットがうつろい、ひとりの老人が落葉を掃く音がサッサッとひびいていた。なにかが彼の中で炸裂し、顔からすっと血の気が引いた。

「ちょっと待って！」

彼女は飛ぶように去っていった。あとになって彼は冗談半分にいったものだ。今までひとりの女をあんなに追いかけたことはない、男だって。一体どういう足をしているんだ？

彼女は彼の膝の上で考えこむようにいった。

「わたしもそんな気がするわ。でもわたし、確かに重さはあるの、感じるでしょう？　これは永遠の試練ね」

彼女が考えこむことはたまにしかなかった（実は考えこんでいるのではなく、頭が空っぽなだけなのだが、傍目(はため)にはそう見えるのだ）。そんなとき、彼女の眉はすんなりと伸び、耳は子猫のようにぴくぴく震えた。そしてついにあの家の前の梨の木の下で、彼女は自分がどんな女であるかを語り、彼も自分がどんな男であるかを語った。ふたりとも相手に現実感を与えたいと切望した。しどろもどろの話ではあったが、そこにはあざやかな色彩が浮かびあがっていた。ふたりはほとんど同時にこういった。

「あなたこそ、ずっと一緒に暮らしてきたあの人。わたしたちは林の中で、鳥の巣を観察した」

頭上の木の葉が真昼の陽射しの下でさらさらと鳴り、のどかな雰囲気をかもしだしている。

彼も自分の素性をよく知らなかった。三十になってようやくその問題を考えはじめたのだが、考えれば考えるほどわからなくなり、そのわからなさの中にまたかすかな清々しさを感じたものだ。この話をはじめると、ふたりはすっかりうれしくなった。

「ときにわたしも、ちょっとした作り話をしたくなるの」如姝（ルーシュ）がいった、「みんなは作り話の必要はないけどね。わたしたち、人っ子ひとりいない長い通りの二つの街灯の間に、あのことが起こったことにしてもいい。とてもドラマチックだし、連中にいわせれば、何事にも始まりがあって、あなたもわたしも無から生じてくるはずはないのだから。わたしの仕事は真夜中に見知らぬ家の戸をたたくこと。よく自分にたずねるの。なぜこんなことをするの、なぜ中に人がいるとわかるの、これは本能なのって」

「もともと最初から、ぼくらは曖昧な立場にいる」彼がいった、「でも連中はぼくを定義したことがある、学者か何かだって」

「ときに定義のことを考えると、気持ちがすっかり乱れてしまうわ」

「ぼくは、老鷲（ラオチウ）がどうしてぼくの生活に入りこんできたのか、それすら忘れてしまった。もしかするとぼくの素性と関係があるのかもしれない。これからあの男をよく観察したらいい。老鷲（ラオチウ）、これこそ肝心な問題なんだ。それなのにぼくときたら、ついつい彼のことを忘れてしまう。どうもぬけてるんだな。ぼくの印象だと、老鷲(ラオチウ)もずっと昔からいる。まるでぼくの足みたいに」

ふたりは日に照らされて燃えるような砂利道をうろつきながら、心の底で、あのことと関係のある何かの手がかりが見つかりはしないかと期待していた。そうすれば、彼らの作り話は大いに盛り上がるのだ。だが彼らはそれがまったくの偶然まかせで、追い求める必要もなく、ただ待つしかないことも知っていた。道路標識のところに黒い人影があった。老鷲(ラオチウ)だった。ひとくみの男女が彼らの前を足早に通りすぎていった。男の方が立て板に水でしゃべっている。

「真相なんて大海に沈んだ石のようなものさ。関係する一切のものは固く沈黙を守っている。要するに、それは完全なペテンなんだ。ここにはこんなことがもう多すぎるし、そろそろ終わりにすべきなんだ。それなのになぜぼくらまで、だれかが雨の日に面白半分にふと放り投げた麦わら帽子を追い求めなくちゃならないんだ？　沈黙の中でこの世を観察してこそ真の熱情が得られるというのに」

かたわらを列車が走っていき、その汽笛が如姝(ルーシュ)を飛びあがらせた。彼女はぼんやりと、最後の一両が彼方に消え失せるまでそこに立ちつくしていた。

「わたし、あの上から跳びおりたの。車両のドアには一羽の鷹の絵がかいてあった。あのときあなたは『すばらしい』といったわ」如姝は惚けたようにいった、「間違いないわ、最近の記憶に生々しく残っているもの。いつかある日、わたしたちはこんな風に、ぴったり寄り添って散歩する。そこに汽車が来たら、わたしはひょいと跳び乗ってしまう。わたしは昔から汽車に追いつけるの。もっと前にいっとくべきだったけど。でもどうして、わたしたちが散歩する場所には鉄道があるのかしら」

彼女は、彼が虚無の中から夢中で彼女の名前を呼んだ点を、大いにほめたたえた。

「あんなことのできる人はめったにいない、まさに青春の傑作よ。人はみな根ほり葉ほりたずねることしか知らないのに、あなたときたら、がむしゃらに自力で、ほとんど天馬空を行く高みに達するんだもの」

彼は、如姝と自分の世界から老鷲を排除しようと決めていた。最初からそのつもりだった。それが功を奏するとはまるで期待していなかったけれど。老鷲は彼が心配するまでもなく、ずっと彼から遠く離れて口もきかなかった。しかし、知らないことは何ひとつなかった。彼が見たところでは、老鷲もやはりはるか昔からの存在で、野蛮でひっそりとして剛直だった。

彼は如妹（ルーシュ）を必要とすると同様に老鷔（ラオチウ）を必要としたが、ちがうのは、わざわざそれを示さなくてもすむことだった。老鷔（ラオチウ）のことを考えさえすれば、老鷔（ラオチウ）はその都度すぐに現れた。ところが如妹（ルーシュ）ときたらまるで逆で、未だかつて彼の予想どおりに現れたためしがない。彼女についての記憶はひとつひとつがみな、優曇華（うどんげ）の華のようにはかなく、つじつまが合わなかった。如妹（ルーシュ）の解釈によれば、それは彼女がいつも変動する混乱の中にいるせいだという。

「もう少し歳をとれば、いくらかましになるかもしれないけど」

その口調は涙をさそった。

老鷔（ラオチウ）は一日じゅうほとんど何もせずにぶらぶらしており、何で生計をたてているのかわからない。彼が物心ついたときからもう、まわりをうろうろしていたのだ。氷のような眼をした年齢不詳の男で、この世のだれとも感情のつながりをもっていないように見えた。あるとき彼は厚かましく、老鷔（ラオチウ）の住み家までついていった。それは窓に枯れた蔦（つた）の這（は）う一軒の空き家で、ふたりが戸をあけたとたんに、ひとりのぼろをまとった老人がするりともぐりこんだ。老鷔（ラオチウ）にそっくりだったから、もしかすると父親かもしれない。だが老鷔（ラオチウ）はがんとして父親と認めず、どなりつけた。

「出てうせろ！」

部屋にはベッドもふとんの類もないが、夜はどこで寝るのだろう？　老鷲は彼の懸念を察して、ウインクし、にやりと笑いかけた。

「寝るのは馬鹿だけだ。おれは、ずばぬけて賢い男なのさ」

彼と老鷲が友だちになったのは、煎じつめれば、ふたりが根のところで、ある残酷な共通点をもっていたからかもしれない。彼には伯父がひとりいた。狷介きわまりない人物で、天下を睥睨するように通りを闊歩し、夜になっても電気もつけず、真っ暗な部屋の真ん中に依怙地に座っていた。彼が電気をつけようとするたびに冷たくフンと鼻を鳴らすので、伸ばした手をついひっこめてしまうのだった。彼はあとから腹が立ってたまらず、伯父の話になれば口をきわめて罵ったものだが、どんなに罵っても溜飲は下がらなかった。あるとき彼はふとひらめいて、老鷲をだまして伯父の家に連れていった。老鷲は電灯の紐を引く素振りだに見せなかった。最初から、日頃の老鷲らしからぬものをそこに感じとって、彼は思わず感服した。老鷲は動じる風もなく、暗闇の中で椅子を運んできて、大男の伯父の隣に陣取る。彼は窓の外に隠れてその無言劇をうかがっていた。一時間が過ぎ、二時間が過ぎた。伯父はついにたまりかねて跳びあがり、電灯をつけて、窓の下に隠れていた彼に指つきつけてどなった。

「きさま、このとんでもない野郎をどこで拾ってきた？　この極道者！」

伯父の眼光は失せ、自信はがたがたに崩れてしまった。

彼は如妹（ルーシュ）にこの話をして、ふたりで息もたえだえになるほど笑った。如妹（ルーシュ）は伯父のことを「独活（うど）の大木」とよび、老鷲（ラオチウ）を「穿山甲（せんざんこう）」とよんだ。そのことばがいとも易々と彼女の口から滑り出たとき、彼は思わず胸のつかえが下りたような気がした。あらゆる人や事物に如妹（ルーシュ）は独特の呼び名をつけており、事もなげによくそれを口にした。そしてふたりで例の悪魔的な快感に浸るのだった。彼女は伯父を見たこともないくせに「小人には小人なりの理想があって、他人にひけはとらない」とか「小人が人格を競えば、世に天才が出る」といった口癖を正確にいい当てて彼の目をみはらせ、悪魔つきだと信じさせた。知り合って三日めに彼女はいった。彼女は、彼の友だちとは共存できない、老鷲（ラオチウ）は悪意に満ちた眼で彼女を見ている、いつか命を取られるにちがいないと。

「しかし、老鷲（ラオチウ）はあらゆるところにいるわけじゃない。簡単に振り切れる」

「でも彼は、実はあなたなのよ。どうして自分を完全に振り切れるの？　忘れるのはその場かぎり、すぐまたもどってくるわ。あなたの一生の道連れになるのは彼で、わたしじゃない。でも、やっぱりためしてみないとね。あなたはわたしの唯一の人なんだから」

確かに、ふたりはためしてみた。遠くへ逃げ延びて砂漠にテントをはり、羊の肉をあぶって食べた。どちらもほこりにまみれて真っ黒に日焼けし、健康で屈託がなかった。しかし、ある晩、如姝（ルーシュ）が彼を揺さぶり起こして叫んだ。

「彼がここにいるわ！」

「だれが？」

「きまってるじゃない！」

彼女は紙のように真っ白な顔をしてテーブルの脇に座り、赤インクをぽたりぽたりと便箋に垂らした。それは永遠に解けない暗号だった。やがて井戸端に野菜を洗いにいくと、汽車がゴーゴーとやって来たので、彼女はひらりとそれに跳び乗った。如姝（ルーシュ）が失踪していた五日間、彼と老鷲（ラオチウ）は影の形に寄り添うごとく過ごした。悲哀と空虚の中で、老鷲（ラオチウ）は彼に常にある種の確かさを与えた。ふたりはものもいわずに所在なく座り、ぶらぶら歩き、居眠りし、陰気で曖昧なことを考え、ついに以心伝心したように笑み交わした。如姝（ルーシュ）はすぐに戻ってきていった。くさくさしたからちょっと短い旅行をしてきただけ、今は何もかも元どおりなのだから文句はあるまい。こうしたしばしの別れはふたりの間ではやむをえない、でも何もかも今までどおりだと信じてほしいと。如妹は彼をあの梨の木の下に引っぱっていった。さらさら鳴る木の葉が彼の熱い血を沸騰させ、再会のうれしさから、ふたりはあの目新しく、同時に馴染み深い連想を生み出した。如妹はもう二度と老鷲を振り切ろうとしなかった。もう彼女にはわかっていた。汽車が彼女を乗せて遠くへいくとき、彼女はかえって彼に近づくのだ。彼は機嫌をとるようにいった。

「ぼくは汽車でいくつもの駅を通った、鷹の絵のかいてある車両を探しながら。夢の中でも車輪がゴーゴー鳴っていた」

老鷲は如妹が現れても決して変わることがなかった。彼の記憶の中には、あのひ弱な相棒のほかは未だかつて、いかなる者の影が闖入したこともなかった。老鷲には如妹が見えず、明らかにだれも見えていなかった。相棒と如妹が火のように激しくやりあっていた日々も、老鷲は山の楓の林に座って日一日と老化していく自分の胸を観察しており、素足で緑の小さな毒蛇を踏み殺したりしていた。陽射しを浴びながら、体内の毒汁が日一日と飽和していくのも感じた。老鷲は自分と相棒の連絡方法はなんと変わっているのだろうと思った。大半はテレパシーによるのだ。だからこそ相棒が彼を「呼べばすぐいく」ことができる。あのふたりとは逆に、老鷲は自分の素性に確信をもっていたけれど、だれにもその信念を洩らしたことはなく、ただあの独特の風格を一挙手一投足に融かしこもうと努めていた。相棒が自分の立場の曖昧さを興奮して語り、得意になっていたときも、老鷲(ラオチウ)は彼をじろりとにらんで睫毛(まつげ)を震わせただけだった。あの老人はついに癇癪玉を破裂させた。戸にしっかり錠をおろして老鷲(ラオチウ)につかみかかり、はあはあ喘ぎながらいった。

「何十年も育ててもらいながら……見えすいた陰謀を！」

老鷲(ラオチウ)はいともやすやすと老人を窓の外に放り出してしまった。そして服のほこりを払い、人間とは何と貪欲で、止むことを知らないのだろうと思い、人々の企てることは何とわかりにくいのだろうと思った。老鷲(ラオチウ)の出生こそ陰謀の産物だった。それは静まりかえった古い屋敷に生じ、彼は二歳のあの年にもう確定したのだった。老鷲(ラオチウ)は腕白坊主どもの中に自分の相棒を見出し、その子の陰気な目付きにたちまち引きつけられた。老鷲(ラオチウ)は、本人も知らないうちに彼の生活に入りこみ、そのもうひとつの魂になったのである。あの最後の目的地へと続く長い道はがらんとしていたので、若い、途方に暮れた道連れをもつことこそ、老鷲(ラオチウ)の宿願だった。老鷲(ラオチウ)は彼を、旅路の果てまでひそかに引っぱっていくのだ。その相棒は、老鷲(ラオチウ)がこの世で思い出すことのできる唯一の人間で、彼が現れるまでは、老鷲(ラオチウ)の頭の中は何年もすさんだままだった。そこには猿が何匹か、枯れた木の枝の上を跳びはねているばかりだった。

「おれたちは星の光の下で眠り、朝焼けの中で目覚める。目の前の密林を、ライオンが走っている」

老鷲（ラオチウ）はたゆとうような口調で、その子に旅路の果ての風景を描いてみせた。

「ところがこの地は日に日に衰えていくばかりだ。季節や昼夜の区別もなく、空はいつも暗澹たる灰色、密林もなければ人間もいない。だんだんおまえまで真性の色盲になってしまう。ごらん、あそこに浮かんだ木の葉は、なんと大仰な格好をしているんだろう！」

　少年はいつも黒表紙のノートに伏していた、顔中に追憶の傷跡をつけ、陰気な目に殺気を秘めて。待っているうちにチャンスは日に日に近づき、やがて相棒が成人したあの日、老鷲（ラオチウ）は彼をそそのかして父親から送られたノート（老鷲（ラオチウ）は青年の父親を覚えていた）をごみ箱に捨てさせ、長年の念願を果たした。以来青年は記憶とすっぱり切り離され、素性の知れぬ人間になったのだ。もちろんこれは、彼の上に人為的な傷跡を残した。彼は決して生まれながらにこうだったわけではない。だが彼は、それが老鷲（ラオチウ）の段取りによるものとはつゆ知らず、しきりにいぶかしむばかりだった。

「ぼくには父親がいるはずなのに、本当におかしな話だ」

「ノートを忘れられてしまうとは、まさにあの人の最大の失策だったな、親父さんは自分の退路を断ってしまった」

彼の顔は徐々に傷跡が癒えて輪郭が定まり、さまざまな計り知れない表情も浮かぶようになった。ときおり彼がちらりと向けるまなざしは、老鷲（ラオチウ）をぎくりとさせた。老鷲（ラオチウ）は何度も黒表紙のノートのことを持ち出しては探りを入れてみたが、若者は表情も変えなかった。明らかに日一日と変わってきていたのだ。真夜中の原野には、彼のせわしない足音がますます繁く響くようになり、老鷲（ラオチウ）の心を掻き乱した。老鷲（ラオチウ）は仕方なく服をはおって起き出し、じっと耳をすました。窓の外を眺めると、風に揺れるろうそくの火が見える。青年はひとりきりで、うしろの低い屋根の家からは、さまざまなうめき声が聞こえた。もともと青年も、だれか相棒がほしいと思っていた。もちろん老鷲（ラオチウ）ではない。そんな、すでにある存在ではない、新たな発見がなければならないのだ。これ以上何も発見できなければ自分はもう終わりだと、彼は思った。すでにある生活を、彼は日々唾棄していた。何かしら意外な悦びが現れなければ、焦りのあまり死んでしまうだろう。彼は数ヵ月ぶっつづけに公園のベンチに座り、夢うつつの中で、必死に、ある強烈な境地を切り開こうとしていた。思惟は瀕死の兎（うさぎ）のようになっていた。如姝（ルーシュ）はその剣が峰で彼の生活に跳び込んできたのだ。

如姝（ルーシュ）は素性のわからぬ女だった。その点は、彼は公園のベンチの上ですでに感じていた。

その後彼女は、幾度も疾走する汽車から跳びおりては彼に逢い、ますますそれを実証した。とはいえ、そんなのは大したことではない。彼女は追求するものをもっており、そのことが、彼を心底から震撼させたのである。

「深夜の寒風がひゅうひゅう吹くとき、ある扉を力いっぱいたたくと、扉の中から見知らぬ顔がひょいと伸びてきて、突然話をはじめるの。はじめのうちはその話がよくわからず、とんちんかんなことばかりしていた。でも、あんながむしゃらをする時期はもう過ぎたわ」

彼女はこんな風に自分の仕事を形容した。これまでに家という家の品ぞろえをひととおり見てきたから、連中が彼女をだまそうたってそうはいかない。たとえば伯父さんのことももちろん見たし、目を閉じても想像がつく。さもなければ、あんなに正確に判断できるわけがない。彼については、ある夏の夜にその戸をたたいたことがある。当時はどちらもまだ小さな女の子と男の子で、今ほど似ていなかった。でも彼女はそのことを覚えていたし、公園に出かけたのも、それを思い出したからなのだ。彼女は一目見るなりここ数年の彼の変化を知って、急に恐ろしくなり、だからそのまま逃げ出してしまったのだ。

「なぜ、それでもなお戸をたたくの？　家の中にはもう、秘密はなくなってしまったというのに」彼がたずねた。

彼女はもどって来ていった。それはまだ気が済まないから、あるいは負けたくないから。どうせ来るところまで来てしまったのだし、家の中にいる者に、いやでも一生つきまとってやる。彼女の快楽のすべてはそこにあるのだ、と。その年の秋から、如姝(ルーシュ)の追求は徐々に単純で極端な方向に向かった。顔は老化の兆しとともにとがり、表情は冷ややかになった。彼を訪ねる回数もしだいに減って、いつもひとり、部屋でぼんやりしていた——彼女の部屋は一ヵ所に定まっていたためしがなく、彼は永遠にその棲家をつきとめられなかった。それはふたりの素性同様、ひとつの虚構なのだ。一本の炭で壁にたくさんの太い線を描き(その壁は白く、空白だ)、その一本一本の線の上に数えきれない触角を描く。その触角はすべて夜の記憶なのだ、と彼女はいった。自分は今、全身全霊この仕事に浸っている。昼に関するいかなることも彼女の興味をそそりはしない。もちろん彼は昼には含まれない。彼もまた彼女が描く触角のひとつ、やはり闇夜に属している。それは彼の顔に射す暗い影でわかる。大砂漠に照りつける太陽も、そのかすかな影を消すことはできない。壁の記号にはすべて生命がある。彼女はしばしばそれに感動してとめどなくすすりなくのだ!

ある天井のない部屋で、彼女は窓の外を通りかかったしとやかな女を指差していった。

「あの人は薄い上着しか着ていないけれど、彼女がいく先には今雪が降っていて、六角の花が満天に飛んでるの。彼女はゆっくりと進み、沿道の景色をことごとく眼底に収め、『草香る地』という地名を思い浮かべる。その行く先は冷えつつあるというのに。若いころ、わたしもよくそんな経験をしたわ、いつも服を持っていき忘れて。もうずいぶん遠くにいったけど、あの人のうしろ姿はあんまり自信がなさそうね」

「『草香る地』！　大雪のなかの草香る地ですって？」

彼女が当然叫びだすと、彼はとたんに自分が広場の人ごみの中にいるのに気づいた。たくさんの馴染みの顔が無表情に通りすぎていく、如姝（ルーシュ）がどこかで面白そうにいった。

「わたしこそ謎の中の謎！」

彼女があの炭でこれでもかと強調したのが何だったたか、彼にはもう見当がついていたし、その孤独な結末も見て取れた。だが、べつに憐れむでもなく、そのままにしておいた。

例の女についての話は、廊下の上のあの部屋に越していく前に始まったのだった。如姝（ルーシュ）は長いことベッドの上で寝返りをうち、のぼせた頭を彼の胸に押しつけてから、おもむろにあの物語を引っぱりだしたものだ。彼女がいうには、その女はいたるところにいる。頭にあざやかな模様のスカーフを巻き、暗い門の奥からひらりと飛びだしてきて、通りという通りをくまなく歩きまわる。如姝（ルーシュ）の部屋にも来たことがあった。ひっそりとテーブルの脇に座って一冊の古い本のページを一枚一枚めくりながら、じっと耳をそばだてていた。

「毎回テーブルの上は片づけておくのに、かならず一冊の本があるの、時間どおりに現れるのよ。明かりの下で、彼女の髪はきらきらと光っていたわ。わたしのよりもっと濃い髪が」

如姝(ルーシュ)は彼に、その女の物語がいつから始まったかを思い出すようにいった。椿の花が萎(しお)れたあの日からだったようだね、と彼は答えた。その日ふたりは山の中を歩きまわって竹にふたりの名前を刻みつけ、夜おそく家に帰った。如姝(ルーシュ)は感傷的になってなかなか寝つかれなかったので、起きあがり、思いのたけを流れるがごとくに物語を語ったのである。彼女はいった。その女は三十年前に失踪した。窓辺に座って一通の手紙を読みおえると、そのまま出ていって人の海に消えてしまった。出窓にはガラスのコップがふたつ残っていた。ひとつは青で、ひとつは白。中にはお茶の跡がついていた。

「三十年なんて、べつに長くはない」如姝(ルーシュ)は気をつかって言い訳した、「その女は毎日来るようになるわ。だって、例の永久不変のタイプなのだし、時間はとうに彼女の上に止まっているのだから。こんな話、少し退屈かしら?」

彼女はひどく緊張してじっと家の戸口を見つめた。ノックの音を待っているのだ。

毒蛇を飼う者

砂原(シャーユエン)の顔はありきたりでなんの特徴も見当たらない、だまっているときはほとんどうつろな顔、もちろん死人とは多少ちがうが。

「ずっといい子だったわ」砂原(シャーユエン)の母親はわたしにいった、「ただ、まずいのは外に出せないこと。ずっと家にいてくれれば、なんの問題もないんだけど。六つの年にその問題がおきたの。わたしと父さんがちょっと油断したすきに、家をぬけだしてしまい、ずいぶん探したあげく、公園の庚申薔薇(こうしんばら)の茂みのなかで寝ているのを見つけたの、大の字になって、のうのうとね。あとからこの子がいうには、自分が見たのは庚申薔薇じゃなく、たくさんの蛇の頭だったんだって、おまけに蛇の骨格まではっきり見えたというの。蛇にがぶりと嚙まれたから、そのまま倒れて寝てしまったんだそうよ。実をいうと、あのころ砂原(シャーユエン)は本物の蛇なんて、まだテレビでしか見たことがなかったの。わたしも父さんもぞっとして、それからは外に出さないように、いっそう気をつけるようになったわ」

わたしたちがしゃべっている間、砂原(シャーユエン)はその部屋に座ったまま、みじろぎもせずに木目紙をはった箪笥(たんす)の扉とにらめっこしていた。わたしはいぶかしく思い、しきりにそっちをうかがった。

「心配いらないわ、とうに話なんて聞こえなくなってるから。その後ある医者に、景色のいいところに子供を連れていって大勢の人と交際させるよう、すすめられたの、そうすれば多少はよくなるだろうって。わたしたち海辺にいったわ。砂原(シャーユエン)は昼間は海辺の腕白坊主たちといっしょに遊んでたけど、とても疲れやすくてね。ずっと気をつけて観察してたの、この子は目が放せないのよ。ちょっと疲れるとすぐ、ところかまわずひっくりかえって寝てしまうんだもの。ほんとに野放図で、夜、足を洗うときだって洗いながら寝てるのよ、ちゃんと洗ってるとばかり思ってたら、実は機械的に動いてるだけで、頭の方はとうにお休みしてるの。海辺について三日目に、漁師の子が血だらけの指を突き出して跳びこんできたわ、砂原(シャーユエン)に咬まれたというのよ。あとで問いただすと、この子ったら、ぼんやり笑いながら、あれは蛇の頭だった、もし咬みついてやらなければこっちが咬みつかれた、だって。海辺ではひと月暮らしたけど、きれいな景色もさっぱり効き目がなかった。あの年、砂原(シャーユエン)は九つだったわ。その後は毎年旅行に出て、砂漠にいき、湖にいき、深い森や大草原にいったけど、砂原(シャーユエン)ときたら、はしゃぎもしないの、汽車に乗ってても家にいるのと同じ、窓の外も見なければ、人と話もしない。ひょっとしたら自分が旅をしてるってことさえ、まるでわかってなかったんじゃないの。もちろん、わたしも父さんも承知してるわ、この子は小さいときから野放図で、まわりのことに無関心というか、ちょっと冷淡というか、どういえばいいのかしらね、新しいことへの感受性がどうも欠けてるみたいなの」

「おととしのことよ、わたしたちこの子の右腕が傷だらけなのに気づいたの。問いつめると、わたしたちを連れだして、ある防空壕に入っていくの。中は真っ暗、この子が懐中電灯をつけてしゃがみこむので見たら、ボール箱の中にまだらの蛇がうじゃうじゃいるじゃない。父さんが震えあがってどこの蛇だと聞くと、『こっちで一匹あっちで一匹と捕まえてきたのさ』だって。ほんとに不思議なの、だって、この子は一日じゅうわたしたちといっしょにいたのよ。ずっといたれりつくせりで世話をやいてきたのよ。それなのにまた例によって『いつもいっしょだったわけじゃない、あれは表面的な現象にすぎない』なんて、いい加減なことをいうの。父さんがこの子を追いやったあと、わたしは鶴嘴(つるはし)を探してめちゃめちゃに振りおろし、あの小さい毒蛇をすっかり退治しちゃった。帰ってからは、子供が抜け出さないよう、徹夜で見張ったわ。ところが二日たつと、また腕に新しい傷跡ができてるじゃない、どれもみな例の二つの真っ赤な牙の跡。それでもまだこの子はわたしたちにいうの、『何をわざわざ苦労してるのさ、こんなに疲れはててしまって、ふたりとも知らないんだ、ぼくは表面的にいっしょにいるだけなんだよ、ここに座ったままで行けないところなんてひとつもないんだ。蛇はたくさんいるし、しょっちゅう道に迷う、ぼくはここから一匹あそこから一匹と寄せ集めて、連中がひとりぼっちにならないようにしてやるのさ。もちろん父さんや母さんには見えないけど、きのうはその本棚の下で一匹見つけた、見つけようと思えばすぐ見つけられるんだ。小さいときは連中がこわかったし、頭に咬みついてやったこともあるけど、今思うとほんとにおかしいや』こういったの」

その日、砂原(シャーユエン)はわたしたちに背をむけて座ったまま、だしぬけに自分の頭をたたいた。ふたりで近寄っていき、母親が肩をつかんでこっちに向けると、無表情だが柔和な顔をしている。わたしは慎重にことばを選び、ここで何を考えているの、さびしくはないのとたずねた。

「聞いてるのさ」彼は短く答えた。

「なにを?」

「なにも聞こえない、とても静かだ。でも夜九時を過ぎればちがう」

「おまえときたらそうやって親を放りだして、わたしたちにどう生きろというの」母親がまたこぼしはじめた。

「べつに放り出してるわけじゃない」砂原(シャーユエン)がおだやかにいった、「ぼくは蛇を捕まえるように生まれついてるんだ」

わたしは母親に息子の事はかまわないよう忠告しにかかった。思うに、彼女の息子は少々変わっているが、天性ぬきんでている、ひょっとすると何か大事を成しとげないともかぎらない。

「大事なんて成しとげてほしくないわ」母親はいった、「わたしも父さんもごくあたりまえの人間だというのに、息子が人目をはばかって毒蛇を飼ってるなんて、ぞっとするわ、一体何をしようというのかしら。これじゃ、わたしが毒蛇を産んだも同然じゃないの。わたしたちずっと、気の休まるときがなかったのよ、子供にふりまわされてすっかりやつれてしまった。いちばん恐ろしいのは、この子が今では外にも出ないまま怪しげなことをやれることなの、必ず目的を達するのよ」

ある日、わたしは砂原(シャーユエン)の母親が防空壕から出てくるのに出会った。顔はげっそりやつれ、手に鶴嘴をもっている。聞けば、また巣にいた小蛇どもを八匹、すっかり退治したという。

髪の毛は今にも残らず抜け落ちそうだし、足取りもよぼよぼしている。あとから父親がついてきたが、片目をしょぼつかせた老人だった。砂原（シャーユエン）は最後に出てきた。背をかがめ、おだやかな顔をしており、わたしを見ると軽くうなずいて話しはじめた。

「ぼくがわざわざこの殺戮シーンをセットしたのさ、多少悲壮感があったといえる、八匹の命が一朝にして滅びたんだから。蛇どもには、べつに物凄い恐怖があったようには見えないけどね。ただ合点がいかないのは、鶴嘴を握った手が、なぜああも自信に満ちていたかということさ」

わたしは彼に自分から両親を防空壕に案内したのかとたずねた。彼はそのとおりだといった。ふたりが来たいというやいなや、ただちに連れてきた。自分は両親のやることに一種の好奇心をもっているから、と。彼がしゃべっている間、母親は宙をにらみ、父親は同じ文句を繰り返していた。

「人間、あまり度を越すと生きづらい、きれいな景色が大いに視野を広げるんだ」

わたしは、三人の中でいちばんしょんぼりしているのが死刑執行人の母親であることに気づいた。砂原（シャーユエン）はいつもの例の事もなげな様子でいる。わたしは一瞬はっとした、この三人の間には一種微妙な関係、互いに牽制しあうような妙な関係がある、このたびのことがその確かな証拠なのだ。もともと彼は両親を防空壕に連れてくる必要などまるでなかった。適当にどこか別な場所に連れていってもよかったのだ。これは単に彼がおとなしいからというだけであろうか。

わたしは砂原(シャーユエン)の赤ん坊のころを思い出した。確かに、彼は異常に敏感な赤ん坊で、表情もとても豊かだった。母親は彼を自慢にする一方、どこか心配そうで、一度こっそりとこういったことがある。

「この子はひどく疲れやすくて、なによりも人の話を聞いていられないの、だれかに話しかけられるとたちまちまぶたが垂れて、そのうちにぐうぐう眠ってしまう。まるで含羞草(おじぎそう)みたいだけど、べつに羞(は)ずかしがってるわけじゃないの」

五歳になるまではずっとこんな風だったが、やがて彼は自分をコントロールする術を覚えていった、それとても一種の儀礼にすぎなかったが。人が話しかけてきて少しでも長引くと、さかんにあくびをしはじめ、それでもしゃべりつづけると、勝手にさっさと眠ってしまう。あのころは旅の暮らしをべつにいやがりもせず、かえって喜んでいた。それというのも他人の話を聞かなくて済むからだ。両親が大自然の風景を楽しんでいるときも彼はひとりで座り、小動物がたてる物音にじっと耳をすましていた。もぐらがどこに穴を掘っているか、コブラがどこを潜行しているか、砂原（シャーユエン）はいつでも正確に指すことができた、もしかしたら生まれ落ちたときからそういう特殊な聴覚を鍛えてきたのかもしれないが、人の話し声はそこから排除されているのだ。今まで鍛錬してきたので、もう心に念じただけである種の行動の目的を達することができるようになっている。表面的にはおとなしい子だし、こんな子は容易に警戒心を解かせる。漁師の子供はそれでひどい目に遭ったのだが、今や両親に番がまわってきた。彼が一体どのように周囲の人や物を見ているのかは、実に奥深い謎だ。たとえば彼は小蛇を憐れんでいるらしいが、そのくせ父母に殺戮をそそのかしている、この類のことは実に合点がいかない。美しい風景が効き目がなかったともいえないのだ、ひょっとしたらその美しい風景が彼のこういう性格を育んだのかもしれないし、人それぞれ風景への感受性は異なる、だとすれば両親の骨折りも逆効果だったことになる。

ある日から突然、砂原（シャーユエン）は二度と壁を相手に思いに沈まなくなり、両親への態度も単なる柔順さから親しみのこもったものに変わった。行けばかならず、一家三人和気あいあいの様子が見られ、母親の顔にも笑みが浮かんでいた、それまで十数年、この老女は息子にふりまわされてすっかり衰えていたのだが、今では顔の皺（しわ）も伸びつつあるようだ。彼女はうれしそうにわたしにいった。

「砂原(シャーユエン)はものがわかってきたのよ、思ってもみて、この子のためにどれだけ毒蛇を殺したことか！」

彼女がそう語る脇で、砂原(シャーユエン)はにこやかにあいづちを打っている。

わたしには事がこうも簡単に片づくとは信じられなかった、砂原(シャーユエン)の笑顔にかすかに、虚偽のようなものを感じていたのだ。今ではもう毒蛇を飼わなくなったとはいえ、また新手の妙なことを仕出かさないとも限らない。わたしは彼とじっくり話すことにした。

「もう蛇を飼う場所を探す必要はない」砂原(シャーユエン)はいった、「連中はぼくの肚(はら)の中にいるんだ、もちろん四六時中いるわけじゃない、いてほしいと思えば来るのさ、とくにあの小さなまだらの蛇が、ぼくは大好きだ」

わたしは日ごとに痩せ細っていく彼の体をじっと見つめながら、母親はそのことを知っているのかとたずねた。彼はべつに話す必要はないと答えた、なぜなら蛇はまったく場所を取らないのだし、黙ってさえいれば、この事はないも同然、みんなが晴々すごせて結構なのだという。では彼自身の健康には影響はないのかと、わたしは重ねて聞いた。

彼はじろりとわたしを見ると、急に眠たげになり、あくびをしながらいった。

「この手の生き物を肚に飼ってないやつがいるかい？　知らずにいるだけさ、だから健康でいられるんだ。いつも眠たいなあ、あんたはずいぶんしゃべるね、ぼくはそんなにたくさんしゃべることはほとんどない、変な人だな」

わたしはもっと聞きたかった、だが彼は頭をがくんと垂れ、テーブルの脇につっ立ったまま眠ってしまった。

砂原(シャーユエン)の母親はやる気を起こし、大いに若返った。

「思うに旅行はやっぱり必要よ」彼女は旅支度を整えながらいった。砂原(シャーユエン)もそれを手伝いながら、いかにも嬉しそうだ。しかしほどなく、ぷいとむこうを向いて吐きはじめた。

「大したことはない」青ざめたくちびるをぬぐいながら、彼はわたしにそっとささやいた、「あのまだらのちび助があばれたんだ」

彼らはすぐ汽車に乗って旅立ち、汽車は南西に向かった、あの日は風が強かった。

二年もたってから彼らはようやく帰ってきたが、三人とも変わりはなく、依然として仲睦(むつ)まじくしている。子細にながめても、なんの異常も見られない。砂原(シャーユエン)は明らかにかえって太り、顔にもいくらかつやが出ていた。こっそり蛇のことを聞いてみると、まだ肚の中にいるけれど、自分はもう適応できるようになったし、跳んだり駆けたりしてもなんの危険もない、ときにはこの方が体にはいいくらいだ、という。母親はわたしを夕食に招いてくれたが、その席では、くどくどとぐちるのをずっと楽しみにしていた老女がなんだか無口になっており、しかも昔ほど自信もなくなっていた。父親がぼそりと「二度と旅には出ない」というと、みんな黙りこんでしまった。

それ以来彼らの家の表戸は常にあけ放たれ、父母は二度と砂原（シャーユエン）の行動を監視しなくなった。すっかり興味を失くしたようでもあり、ひどくぼけてしまったようでもある。彼らはいらいらと落ち着きなく、朝から晩までしきりに腕時計を眺め、明らかになにかを待っていた。

「死を待っているのさ」砂原（シャーユエン）はそういって、そっと自分の肚をたたいた。肚は平べったく、中に何かがいるようには見えない。砂原（シャーユエン）はこれでちょうどいいのだという、これでみんなは彼が二度と小蛇を飼わなくなったと思うのだから。だが、やめられるものか。

晩秋の風が平原から吹きつけ、朝から晩まで歌をうたっているようだ。この不思議な一家はますますわけがわからなくなった。確か砂原（シャーユエン）の母親はようやく五十になったばかり、父親は五十五のはずだが、ふたりともなんと老いさらばえてしまったことだろう、動作は心配になるほどのろく、どちらも動脈硬化を患っている。

「この子のせいだ」その父親がある日突然いった、複雑な表情を浮かべて、「わしらがこんなに早く耄碌（もうろく）したのは」だがいい終わるとすぐ穏やかさを取りもどした。月の光が砂原（シャーユエン）のやせこけた肩にとまり、やさしく愛撫している。三人は心の中ではわかりあっている。

あの子がどうしていなくなったのか、父親と母親の言い分はまるでちがっていた。父親の話だと、彼は夕食がすむとすぐ、防空壕を見にいきたい、長い間いってないからひょっとして中の様子が変わっているかもしれない、といったという。そのとき老父母は息子のいったことを聞き流した、いい加減うんざりしていたのだ。息子はすぐに立ちあがり、よろよろと戸口に向かっていった。近頃彼は、もう枯れ柴のように痩せおとろえていた。そしてそのまま一晩帰らなかったのだが、家族は面倒がって探しにもいかなかった。「飽き飽きしたからね」父親はそういって、放心したように窓ガラスを眺めた。

母親はどうやら息子が家出をしたことを認めないようだった。

「あの子はもともとあてにならないのよ、今まで気持ちの落ち着くときがなかったわ。ふたりで眼を皿にして十何年もあの子を見張ってきたけど、べつにめざましい効果もなかったし。どういえばいいのかしら、あの子は相変わらず大手をふってあちこちぶらついてるのに、わたしたちにはあの子が見えない。もうあきらめたの、もともとわたしたちの子供だったのかどうかすらわかりゃしない、ほんとにずっといっしょに暮らしてきたのかしら。わたし、あの子がいってしまったのがきのうだとは思わないの、今までだって彼が存在してると確信できたためしがないんだもの」

ふたりの話を聞いて、わたしまでわからなくなった。砂原(シャーユエン)とは何なのだろう。しきりに思いをめぐらしても、頭に残っているのはいくつかの砕片と、いくつかの変な文にすぎず、さらに思いを凝らすと、その文まで消えてしまった。砂原(シャーユエン)については、その名前以外、本当に何ひとつ思いだせない。

みんなが彼はいなくなってしまったと思ったころ、砂原(シャーユエン)はまたひょっこり帰ってきた。相変わらず家にいて、ひっそりと、おだやかにしている。そんなわけで、両親は彼がいようがいまいがますます気にしなくなった、実際、疲れはててしまったのだ。

「砂原(シャーユエン)という名前はどこから来たの」わたしはふと思いついてたずねた。

「いや、わしもそれを思うと不思議な気がするんだ、だれも彼に名前をつけてやったことはない。この名前はどこから来たんだろう」父親がぼんやりといった。

あとがき

本書は日本で刊行される残雪（ツァンシュエ）作品集の二冊めである。一冊めは一昨年（一九八九年七月）に、やはり河出書房新社より刊行された拙訳の『蒼老（そうろう）たる浮雲』で、これには表題作のほかに、「山の上の小屋」「天窓」「わたしの、あの世界でのこと」の三篇を収録した。本書所収の九篇のうち、始めの六篇の発表時期はこれらとほぼ重なる八五、六年であるが、「天国の対話」以下三篇は、八七年から九一年にかけて発表されている。「霧」と「刺繍靴および袁四（ユエンスー）ばあさんの煩悩」を除く七篇は、『中国現代小説』（蒼蒼社）、『ユリイカ』（青土社）、『文藝』（河出書房新社）等に発表した訳文に新たに手を入れたものである。以下に各篇の原題と原載雑誌名を掲げておく。

○「阿梅（アーメイ）、ある太陽の日の愁い」（「阿梅在一個太陽天的愁思」『天津文学』一九八六年六期）

○「霧」（「霧」『文学月報』一九八六年二期）
○「雄牛」（「公牛」『芙蓉』一九八五年四期）
○「カッコウが鳴くあの一瞬」（「布谷鳥叫的那一瞬間」『青年文学』一九八六年四期）
○「曠野の中」（「曠野里」『上海文学』一九八六年八期）
○「刺繡靴および袁四（ユエンスー）ばあさんの煩悩」（「繡花鞋及袁四老娘的煩悩」『海鷗』一九八六年十一期）
○「天国の対話」（「天堂里的対話」（一）『海鷗』一九八七年一月
（二）『青海湖』一九八七年二期
（三）『天津文学』一九八八年六期
（四）（五）『小説界』一九八八年五期）
○「素性の知れないふたり」（「両個身世不明的人」『作家』一九八九年二期）
○「毒蛇を飼う者」（「飼養毒蛇者」『文藝』一九九一年春季号への書き下ろし）

（配列はほぼ執筆順）

一九九一年三月　訳者

残雪(ツァンシュエ)——夜の語り手

「曠野の中」を読む

近藤直子

『残雪（ツァンシュエ）――夜の語り手』（河出書房新社、一九九五年）より再録
（初出誌＝『中央公論　文芸特集』一九九二年冬季号）。文中の
「素性の知れないふたり」「曠野の中」の引用には、本文の訳と
若干の異同がありますがそのままにしています。

一本の炭で壁にたくさんの太い線を描き（その壁は白く、空白だ）、その一本一本の線の上に数えきれない触角を描く。その触角はすべて夜の記憶なのだ、と彼女はいった。自分は今、全身全霊この仕事に浸っている。昼に関するいかなることも彼女の興味をそそりはしない。もちろん彼は昼に含まれない。彼もまた彼女が描く触角のひとつ、やはり闇夜に属している。それは彼の顔に射す暗い影でわかる。大砂漠に照りつける太陽もそのかすかな影を消すことはできない。壁の記号にはすべて生命がある。彼女はしばしばそれに感動してとめどなくすすり泣くのだ。（残雪「素性の知れないふたり」）

残雪（ツァンシュエ）の小説は不思議な小説である。最初のページを読み終わるか終わらないかのうちに読者は、今それを読んでいる自分とはどこかちがう、奇妙な思考の形を前にしていることに気づく。けれどもどこがちがうのか、なにが不思議なのかは、にわかにはわからない。もしかすると彼女の小説の次のページを繰らせるのはなによりも、この不思議さの原因をつきとめたいという好奇心であるのかもしれない。そこには一抹の不安、あるいは懸念のようなものも混じっている。いったい、この不思議な感じが最後まで持続しうるのか、どこか途中で無残に破綻し、あるいはつまらない肩透かしを食うのではないかと。逆にいえば、そこには本来なら続けることの不可能ななにかが続いているように思われるのだ。しかしやがて、それが最後まで貫徹されるのを見とどけたとき、不安と懸念は驚きに変わる。それにしてもいったい、なにを続けることが不可能だったというのか。問題はまたふり出しにもどる。この文章のなにが不思議なのか。不思議な文章とはなにか。

　彼女の小説は結局のところ、他のどの作家の小説にも似ていないが、とりわけその初期の小説は、わたしたちのそれぞれの夜の傑作――夢――に奇妙に似ている。夢がその内容のいかんを問わず例外なくもたらすあの不思議さ、あの深い当惑と故知らぬ感銘を、残雪(ツァンシュエ)の小説も題材のいかんを問わずもたらす。世に「夢のような」と形容される小説は枚挙に暇(いとま)がなく、また実際に見た夢を記した文章も、臨床的な記録や半睡状態の記録も、意図的に再構成されたものもあるが、少なくとも筆者は、残雪(ツァンシュエ)のものほど文字どおり「夢のような」印象を残す文章を眼にしたことがない。そこには、あたかも文字で書くという行為それ自体が自動的に排除してしまうかに見える、あの、夢を夢にしている当のものがまぎれもなく保存されているように思われるのだ。夢を夢にしている当のもの――夢に現れるあれやこれやではなく、あれやこれやの現れ方、あれやこれやをあのように現れ出させる場――夢の場。残雪（ツァンシュエ）の小説がわたしたちに思い出させるのはそれである。そこに書かれたあれやこれやが夢に似ているのではなく、あれやこれやの現れ方が、彼女の小説の場自体が、夢の場に似ているのである。

　とはいうものの、一方は視覚的な直接表象の場であり、一方は文字の列の場である。一方はそれ自体であり、一方はことばでしかない。夢が、古来からありとあらゆる不思議さの究極の比喩として枕詞のように使われてきたのは、それがすべての不思議さの起源であると同時に最涯（さいはて）でもあるような特権的な場であり、結局は、ことばがことばであるがゆえにたどりつくことのできない場であったからではなかったか。その場に近づこうとして果たせなかった多くの事例が示しているように、もしも書くということが、夜の記憶を目指しながらそれを遠ざけ、夢の自由に憧れながらそれに背を向ける逆説的な行為であるのだとしたら、残雪（ツァンシュエ）はいったいいかにしてその逆説をつきぬけ、昼の思考としての彼女自身を超えて、目覚めたままで彼女の夜に、夜の彼女にたどりついたのだろう。近年の残雪（ツァンシュエ）の短篇「素性の知れないふたり」は、書くことそれ自体についての物語としても読める興味深い一篇であるが、その中に以下のような一節がある。

そんな、すでにある存在ではない、新たな発見がなければばならないのだ。これ以上何も発見できなければ自分はもう終わりだと、彼は思った。すでにある生活を、彼は日々唾棄していた。何かしら意外な悦びが現れなければ、焦りのあまり死んでしまうだろう。彼は数ヵ月ぶっつづけに公園のベンチに坐り、夢うつつの中で必死に、ある強烈な境地を切り開こうとしていた。思惟は瀕死の兎(うさぎ)のようになっていた。如殊(ルーシュ)はその剣が峰で彼の生活に飛び込んできたのだ。

一切の既知のもの、反復にすぎないもの、連続でしかないもの、すでにあるものへの嫌悪と、「新たな発見」への強烈な意思が、相当期間にわたる模索と試行錯誤の末に「ある強烈な境地」を切り開いたことを、わたしは疑わない。語ることの自由への飽くなき追求であり、それへの耽溺と陶酔でもあるような不思議な欲望の化身、如殊(ルーシュ)。「逢えることを信じて疑わなかった」その相手との出会いは、求め合う男女のめぐりあいにも似た劇的な経験であったにちがいない。その後も残雪（ツァンシュエ）にとって書くという行為はエロチシズムと陶酔に満ちた経験でありつづけている。「井戸の中の戯言」（『ユリイカ』一九九〇年八月号）と題する評論の中で彼女は創作を性交に喩（たと）え、中国文学の現状を以下のように批判しているが、ここにも彼女が自ら切り開いた「ある強烈な境地」の性格とそれへの自信が浮かびあがっていよう。

> いつになったら人々はああしたくだくだしいおしゃべりや、苦心惨憺の概念操作を放りだし、すっぱだかになって、いきいきした、血の沸き立つような性交活動をするのであろうか。それがたとえ一度でも、すばらしい奇跡だろうに！　我らが作家たちはきちんとした身なりをして、高尚かつ優雅に、さもなければ故意に下品な口ぶりで話すのだが、ただひとつはっきりしているのは、だれひとり、性交するときすっぱだかになるという恐ろしい習慣をもっていないことである。大部分の者はズボンさえぬごうとしない。

残雪（ツァンシュエ）の小説の場は、たしかに「苦心惨憺の概念操作」やさまざまな計算や手練手管の場からはるかに隔たっている。しばしば驚くべき素朴さで語られるその物語は、むしろ、人がまだ計算をはじめる前の遠い昔の感覚を、痛切な不思議ななつかしさとともに思いださせるのである。人が窓辺で雨のむこうのことばにではなく、雨そのものに見入っていたころの、生きることの鮮烈さと直接性を。それは、すべてがことばによっておおいつくされる以前のあの薄明のときに、寝ぼけて起きてきた幼児の血のにおいのする口から語られる物語にも似ている。残雪の小説の不思議さは、それがことばによってことば以前の思考の場を取り返していることにあるのかもしれない。ことばの場でありながら夢の場であり、昼の場でありながら夜の場であるような残雪の場。それはいったいどのような場なのか。残雪の夜はいったい、どのように自らを語るのか。

曠野の中

（この章には残雪の短篇「曠野の中」全篇を収録してある。小説をまず通読したい方は、上の横線に沿ってお読みいただきたい）

その日の晩、女は寝ていてふと、自分が眠っていないのに気づいた。そこで身を起こし、明かりのついてない部屋の中を往ったり来たりして、朽ちた床板をぎしぎし鳴らした。闇

の中にもっと黒いものがひとつ、片すみにうずくまっている。なんだか熊のようだ。それは移動しながら、やはり敷板をぎしぎし鳴らしている。

「だれ?」女の声が喉に凍りつく。

「おれだ」夫の脅えた声。

ふたりとも相手に驚かされたのだった。

それから毎晩、ふたりは幽鬼のように闇の中を、この広い寓居のたくさんの部屋々々をふらふらと歩きまわった。日中、女はじっと目を伏せており、夜の出来事などまるで覚えていないようだ。(傍線筆者)

残雪(ツァンシュエ)の小説は唐突にはじまる。もちろん、すべての小説は白い紙の端に唐突にはじまる以外の始まり方を知らず、また真の始まりというのは唐突でしかありえないにちがいないが、残雪(ツァンシュエ)の始まりの唐突さは、持続する唐突さである。世のすべての小説の第一行めの唐突さが、「その前」に表題以外何も提示されていないこと、文字どおり無前提であることからくるのだとすれば、残雪(ツァンシュエ)の小説ではその無前提な感じがいつまでも持続する。それはべつに時代や場所が特定されていないせいではない。「昔あるところ」ではじまるほとんどの物語は、一行めを読み終わったとたんに、前提の空白がすっかり埋まったような感じさえ与える。そこにわれわれがあのなじみの語り手、あるいはなじむことの可能な語り手を見いだすからであろう。猿や雉(きじ)が人間のことばをしゃべろうと、枯れ木に突然花が咲こうと、それが当惑の種となることはない。われわれは少なくとも、そこになんらかの約束があり、すべてがその約束のもとで進んでいくであろうことを知っている。

　われわれが物語の手前の空白を埋めるものとして期待し、やがて見いだすのは、約束者としての語り手、ある秩序に支配された限定された場の保証としての語り手である。ところが残雪(ツアンシユエ)の小説にはそれが欠けている。その文字のあいだからもたしかに、語り手が立ちのぼり、たえまなく「その前」に帰ってはいくのだが、それはなにも約束せず、なにも限定しない。彼女のほとんどの小説の語り手は、なんらかの理由で、なじむことの不可能な語り手なのだ。それは秩序を保証するどころか、秩序の成立そのものを不可能にする。われわれは残雪(ツアンシユエ)の語り手をひとつのまとまった人格として、ひとつの整合的な思考の場として、思い描くことができない。

　たとえば「曠野の中」においては、冒頭から微妙な、しかし決定的な不整合がある。傍線を付した三つの文は互いに衝突しあって、語り手を「女」の立場にいると見ることも、「男」

の立場にいると見ることも、また例のすべての登場人物の心を見透かす全知者の立場にいると取ることも、単なる観察者の立場にいると取ることも、ひとしく不可能にしている。それは気まぐれに、しかもなしくずし的に、あれからこれへと性格を変える変幻自在な語り手であり、いかなる前提にもなりえないそれ自体無前提な語り手である。その結果、小説の場はいつまでたってもひとつの地平に限定されず、さまざまな方向に向かって開かれた不確かな空間でありつづける。進むべき方向を見いだせぬまま途方に暮れる読者の前で、小説は一行めの前の自由の、すべてではないにしても大半を随所で取り返しては、はてしなく始まりつづける。

「ガラス板の上の文鎮が壊された」男が血走った眼で、上目づかいにこっそりと女を見やった。

「どうしてひとりでに落ちるのかしら。夜はほんとに風がひどくて」女はそういって両方の肩甲骨をそびやかし、とたんに肋骨が苦しげに裂けるのを感じる。「こそこそこそこそして、ほんとに憎らしい！」女がわけのわからないことを口走る。

「蛇がいる部屋があるぞ。ねんじゅう空き部屋にしてるし、それに……」男はしゃべりながら手の中でゴムの止血帯をもてあそんでいる。それには太い注射針がついていて、ぎらぎら光っている。「どこまでしゃべったっけ？　そうだ、いつだったか、蛇が一匹、壁ぎわをシャーシャーと泳いでいたぞ。嚙みつくから気をつけろ……」

すべての文章には余白がある。その余白を「読み」、埋めることが、少なくとも、「埋めた」という感じで埋めることが、読書を読書にするのだとしたら、残雪（ツァンシュエ）を読むことにある種の不全感が残るのは当然であろう。そこで人は実にしばしば余白を余白のままに残すことを強いられる。たとえば「ガラス板の上の文鎮が壊された」という文の文字どおりの意味をわれわれはたしかに理解するのだが、なにやら文法書の例文を読んでいるような気がする。つまり、この文が、具体的な特定の場の中にあるという感じがしないのである。あとに続く文から、男が女をなじっているらしいというのもわかるのだが、それでも落ちつかない。問題は「ガラス板の上の文鎮」である。われわれはその重みを量りかね、その物体をこの小説の場の手頃な位置に配置することができない。もちろん、それは先ほどの前提の空白の結果でもある。変幻自在な語り手のせいで場の地平自体が存在しないとき、個別の物の座標が決まるはずもない。しかしそれだけではない、一時的な、相対的な位置さえ思い描くことができないのだ。文鎮はひとつの道具ではあるのだが、本来の道具としての用途とも、使用者とも、特別な思い出とも結びつかず、また他の道具との対比の中で自らの占める場所や価値の軽重を現すこともなく、それらと照合しあって背景を形作ることもない。「ガラス板の上の文鎮」と「太い針のついた止血帯」を並べたところで、そこからはいかなる限定された場も、「場の中」も生じないのである。

われわれは「ガラス板の上の文鎮」にひっかかる。われわれが読もうとするものがそこにないからである。われわれが読もうとするものが常に、今語られている物それ自体ではなく、場の中でのその座標であり、つまりは他の物によってしか示されないその位置なのだとしたら、ここで、われわれはそれを与えられないことによって、素通りしようとしたむきだしの物それ自体に引き返すことになる。そして壊された「ガラス板の上の文鎮」を凝視することになる。埋められなかった余白は余白のまま、平然と残る。残雪の小説はジグソー・パズルではない。どれだけピースが与えられようとも、台紙が埋まることはない。むしろピースが増えれば増えるほど、余白が広がっていく。そこには背景がない。物はそこに描かれたからには、ひとつひとつがみな前景なのだ。下に台さえあてがわれないガラス板の上の壊れた文鎮が、水墨画のように空無の中に浮かんでいる。

女は五日前に枕の下で注射針のついた止血帯を見つけたのだった。真新しく、ぷうんとゴムのにおいがした。そのときは彼女はまるで気にかけなかった。ここ数日、夫はひっきりなしにそれをいじくり、寝るときまで、ゴム管を口に含んで噛んでいる。

「ちょっと天気予報を聞きにいくべきだよ」男がウインクしていった。

部屋は広くがらんとして、北風が、鉤のこわれた窓をたたいている。暗闇の中でぶつからないように、ふたりはわざと大きな足音をたてた。

男は出ていった、針のついたゴム管を壁の釘に掛けて。部屋じゅうにそのにおいがたちこめている。

なぜ男はゴム管を口に含んで噛んでいるのか？　なぜ天気予報を聞きにいくべきなのか？　なぜウインクするのか？　なぜふたりは暗闇の中をうろつきまわるのか？　なぜ人は、なぜと問いつづけずにはいられないのか？　なぜ理由と目的の不在を前に静かに座す術を知らないのか？

残雪の小説においては、物がその用途に結びつかないように、人も用途に結びつかない。

彼女のほとんどの登場人物は、見事なほどの無為の中におり、仕事らしい仕事もせずに、はてしない闇の中をうろつきまわっている。彼らはなにも目指しておらず、なんの理由も目的ももたず、ただそこにいる。ここにも巨大な余白が余白のままに残る。われわれが読もうとするのが今そこにいる人それ自体ではなく、この場におけるそのハイフンとしての位置であるのだとしたら、それはここにはない。すでに達成されたこととこれから達成されようとしていること、すでに獲得されたこととこれから獲得されようとしていること、彼がかつてしたこととこれからしようとしていること、彼の過去と彼の未来、過去の彼と未来の彼をつなぐひとつの真空のハイフンあるいは接続詞の位置の目盛りというようなものはない。

すでに、あるいはまだ、彼ではないものによってしか示されないその位置を与えられないことによって、われわれは今の彼に、つまり彼が永遠にそうでしかありえない彼の今に引き返すことになる。なんの原因の結果としてでもなく、なんの目的の理由としてでもなく、ただそこに投げだされているむきだしの存在に。もしも彼の今が、理由と目的の不在を前に静かに座する術を知らず、だからこそゴム管を口に含み、天気予報を聞きにいくべきだといい、ウインクし、暗闇の中をうろつきまわっているのだとしたら、われわれがそれでもなおなぜかと問うのはなぜか？　われわれが前にしているのが、もともと最終的な調和を予定された場でも、首尾一貫した因果律と合理性でくまなく固められた世界でもなく、永遠の混沌であるのだとしたら、なぜ一切のわけを説明しつくさねばならないのか。


「ちょっとためしてみよう」男はひとまわりしてもどってくると、女にいった。「野良猫を一匹捕まえたいんだ。ここはこんなに広いし、こんなに暗い。きっとどこかにさまざまな野生の動物が隠れているにちがいない。なあ、夜、曠野には氷雨が降ってる。そこをぶらついてると、背中はずぶぬれになって氷がはるんだ。どこかで聞き慣れない足音がするが、だれがそこを歩いているんだろう?」

「それは、わたしがもう一方の側を歩いているの」女は淡々とそういいながら、むくんだ頭をかしげて影の中に入れ、目のまわりの黒い隈を隠そうとする。

男はその前をひょいとまたいで壁から針のついた止血帯をおろし、いじくった。

「ときに人生には、思いもよらない転換が起きるものだ」稲妻がぴかりと光り、注射針が火花を散らす。

「夜、曠野には氷雨が降る」わけが説明されないように、「わたしがもう一方の側を歩いている」わけも説明されない。しかし残雪（ツァンシュエ）の小説は、説明しないことがひとつの手口であるような、説明しないことがひとつの説明であるような、そのような小説ではない。そこに感じられるのは「わけ」への禁じられた飢えではなく、あきれるほどの無頓着である。そこではただそうであることが、そうであると淡々と語られる。人の行為も人生も天気のように語られる。説明、つまりそれ自体ではないものとの関連は、省略されたのでも、隠蔽されたのでも、抑制されたのでもない。最初から頓着されていないのだ。氷雨が降り、風が吹き、稲妻が光るように、わたしはもう一方の側を歩く。自然に、自ずからそうするのである。残雪（ツァンシュエ）の小説の事物は他の事物との関連の中で通過され、消え失せるかわりに、限りなく自足して、虚空に屹立する。

　このようなイメージは、残雪（ツァンシュエ）がそれで思考し、書いている言語――漢語――の文字と、その文字で記された文を思い起こさせる。墨でただ一字記しただけで、充実したひとつの物のように、また鮮烈なひとつの光景のように、白紙の上に立ちあがってくる文字と、その文字をひとつまたひとつと並べることによって綴られる文。われわれの言語があいだに音を配することでなんとか互いにつなぎとめようとしているあの文字は、漢語の文においてただ無造作に、天衣無縫に並べられる。「国破レテ山河在リ」と読み下される以前の「国破山河在」。ひとつひとつの文字は、分類された品詞であることにも、文という場における成分であることにも一切関知せず、ひたすら絵のように自らを表象しつづける。「国破」と「山河在」の間のわれわれの「レテ」も、もとより記されていない。並列なのか、継起なのか、譲歩なのか、仮定なのか、逆説なのか、因果なのか、累加なのか。漢語のパラタクシス（意合法）は、こうしたあれとこれとの接続関係への悩みを、望む者に、また翻訳する者に、惜しげもなく明け渡す。そして、その不確かなはてしない場に黒々と記された文字は、それ自体の表象に生命を与えつづける。

もうどれくらいになるのか覚えてはいないが、ふたりは二度と眠れなくなっていた。女が横になるとすぐ、耳もとであの妙な音がしはじめる。目をあけると夫が目を閉じてあの止血帯を噛んでおり、太い針が心臓に突き刺さっている。服を着て立ち上がると、ただちにある夢が追いかけてくる。壁はじっとりと濡れ、ちょっとよりかかっただけで服がくっついてしまう。

「文鎮を壊された。だれがやったんだ？」男が部屋のすみでしゃべりはじめる。口もとからくちゃくちゃと噛む音がする。

「ある夢が追いかけてくるの、その小窓から入ってくるの。鮫みたいに泳いできて、わたしのぼんのくぼにふうっと冷気を吹きかけるの。何日も寝てないから、ほら、体じゅうの皮がしわだらけになっちゃった。きのうはあんまりあわてて文鎮を壊してしまったわ。今度の鬼ごっこ、またどのくらい続くのかしら?」女はわれ知らずぐちっぽい口調になった。「夢を見てるのやら覚めてるのやら、まるでわからない。わたし、職場でうわごとをいって、同僚をびっくりさせちゃった」

「こんなこと、だれが落ちつきはらっていられるものか。人によっては一生こんな状況で過ごすんだ。連中は歩きながら、しゃべりながら、つい眠ってしまう。ひょっとしたら、おれたちだってそうなるかもしれん」

「わたし、人に逢うのが怖い。きっとぼうっとしてるのがわかってしまう。なるべく口をきかないようにしてるの」

男は別な部屋に歩いていったが、女には相変わらず、彼の手の上で針が火花を散らすのが見える。

雷がごろごろと鳴りつづけている。

嘘やいいのがれはたしかに応答のひとつであるとしても、タイミングのずれた真実の答えは、むしろひとりごとに似ている。残雪（ツァンシュエ）の対話が奇妙に感じられるのは、それがしばしば、まったく対話ではないからである。ふたつの口から交互に語られる話はまるで嚙み合わず、ふたりは向き合っているというよりも、ただ並んで、あるいはそっぽを向き合って語っているように見える。実際、いくつかの小説で、ふたりは文字どおり背中合わせで語っている。そのあいだで話題が囲いこまれることはなく、場は限定されるどころかますます拡散する。ふたりは合意に達することも、対立することもなく、相手にも、自分にも、何者にもたどりつかない。ふたりはなにかにたどりつくためではなく、ただ、語るために語る。

　とりわけあの不眠のとき。光の救済はすでに去り闇の救済はまだ訪れない、没頭すべき対象を見失った、薄暗い、なんのためでもない覚醒のとき。残雪（ツァンシュエ）の登場人物がしばしば永遠に身を置くこの曖昧な境界的な時間は、人が真に向き合わねばならない相手がしずしずと現れ出る時間である。対話とは結局のところ、忘却を禁じられたそのような夜をやり過ごす唯一の方策であるのかもしれない。人は茫々たる夜の不安から逃れるために、茫々たる夜の底から、茫々たる夜に向かって、とりとめのないひとりごとをつづける。残雪（ツァンシュエ）の対話は虚無との対話である。背中合わせのもうひとりが相手なのではない。ことばがそれに向かって生み出された究極の相手、永遠にたどりつくことのない相手、答える者の不在こそが相手なのだ。すべての「　」の前と後ろには常に絶対の沈黙が、空白の「　」が横たわっている。

　女が子供のころから寓居にはこんなに多くの空き部屋があり、大きくて暗く、ひと部屋ひと部屋、どれもまったく同じだった。彼女は未だにいったいいくつ部屋があるのか、数えおおせたためしがない。その後男がやってきた。はじめのうちはやる気満々で、あの部屋々の窓がまちに姫柘植（ひめつげ）の木を植えた。髪をふり乱し、尻をつきだして掃除までして、もうもうと埃をたてた。そして人さえ来れば、聞こえよがしにいった。

「どの部屋もみちがえるようになった！」男が一度も水をやらなかったため、姫柘植の木はみな枯れてしまった。彼は木を放りだし、空っぽのたくさんの鉢が窓がまちに残った。夜見ると、たくさんの髑髏（どくろ）のようだ。

「まだ植えない方がきれいだったわ」女は蠟（ろう）のような顔色で、げっそりしたようにいった。

「ここには何も育たないんだ」彼はいまいましげに地団太を踏んだ、「一面の荒涼だ」

人は残雪の小説において、たとえ一時的にせよ、ある次元とよべるような場で安らぐことができない。それはできたと思うと揺らぎはじめ、音もなく崩れていく。たとえば、どこかなつかしい幻想的な、非現実的な寓居がある。しかし、そこに虚空の中からやってくるのは、王子でも吸血鬼でもどこか影のある青白い男でもなく、やる気満々のただの男である。男は「未だにいったいいくつ部屋があるのか、数えおおせたためしがない」ようなその寓居のありようにべつに驚きもせず、部屋々々の窓辺に木を植える。われわれは象徴といったようなことを考えはじめる。けれども寓居の茫漠としたイメージの中に植えられた木が、「姫柘植」と特定されているのが妙にひっかかる。しかも男はただ掃除するのではなく、「髪をふり乱し、尻をつきだし」、やけに具体的、現実的かつ日常的なまめまめしい姿で、幻想性や象徴性を掃きだしていく。

われわれの連想を丹念にはぐらかす事物の取り合わせ、われわれの関心からいちいちずれる焦点、われわれの期待を微妙に裏切る描写の疎密のバランス。こうしたひとつひとつは小さな違和感が、同質の事物と事物の同質さを見いだすのを妨げる。たとえいっとき見いだしたように思えても、その場は排他的に統一されず、隔離されない。場の色調はなしくずし的に、いつのまにか変わっている。現実と非現実は地つづきであり、あいだになんの境界も標識もない。もとよりすべては虚構であるとしても、その中のあれやこれやは事実として語られているのか想像として語られているのか、嘘としてか本当としてか、比喩としてか直叙としてか。この「として」の不在が読者を震撼させる。それはあらゆる二分法とそれに基づく次元を瓦解させ、すべての事物を異化する。われわれはがらんとした曠野の中で、「として」にではなく、事物それ自体に出会う。

男は二度となにも植えようとせず、若くして老人性喘息（ぜんそく）にかかった。不眠は知らぬ間にやってきた。ある日目が覚めると窓の外は真っ暗で、ちらりと壁の掛け時計を見ると、寝てからまだいくらも経っていない。彼は別の部屋にいって窓がまちの素焼きの鉢をひっくりかえした。鉢はどんと音をたてて外のコンクリートの上に落ちた。

「きのうあんたは文鎮を壊してしまった。獅子の頭のついたあれを。もうちょっと自分を抑えられないのか」男は飽きもせずにまた例の件をもちだした。

「窓がまちのあの鉢、夜見るとなおさら怖いわ。掃き落とせない？」女はことばを切り、またとらえどころのない口調になった。

「いつかわたしはついに心を決めて、あの鉢をそっくり掃き落としてしまう。そうすれば窓がまちはきれいさっぱり、ほんとに胸がすく」

男はいたたまれなくなって顔を赤らめ、歯ぎしりした。

夜、ふたりが目覚めて夢を見ているとき、女は男の足がいやに長いのに気づいた。ひょろ長くて、何だか見知らぬもののような感じがする。その氷のような冷たい骨ばった足の裏が、彼女の枕に触れた。一本の指が人参みたいに腫(は)れあがっている。


ある日とはどの日か。きのうとはどの日のきのうか。夜とはどの日の夜か。残雪(ツァンシュエ)の小説にはほとんど日付がなく、日付がないことが読者を困惑させる。そこにはこの日とあの日が別な日であり、あるいは同じ日であることを示す標識はごくわずかしかない。男は「文鎮が壊された」ことに都合三度言及しているが、それが三度とも同じ日であることに気づくには相当の注意力が必要だ。残雪(ツァンシュエ)の小説において、出来事の継起は明瞭な時間の流れを構成しない。時間をとにもかくにも流れだと考えるのならば、時間そのものを構成しない。ここでもさまざまな出来事がおきてはいるのだが、その大半は偶発的で、それによって事態が明瞭な因果、連続のうちに変化発展することはない。また見てきたように、登場人物はなんの目標にも目的にも差し向けられておらず、それに近づくことも遠ざかることもない。少なくと

も、なにがなにより前で、なにがなにより後で、なにがなにと同じ時であるかは、語り手の大した関心事ではない。

「その後」「きのう」といったそれ自体の基準もあやしい標識を取り去れば、ひとつひとつの光景は時間の枷（かせ）を逃れて、純粋に空間的なイメージとして結晶するだろう。漢語の文は動詞の形態変化によって時制を表すことをしない。時制は必要に応じて、時間詞や時間副詞を加えることによって示される。逆にいえば、漢語で思考するとき、人は望むならば、時間という制度の外に出ることができる。「国破山河在」は、過去、現在、未来のいずれでも、そのすべてでもありうるし、そのいずれでもないことも可能である。その豊饒な茫漠、時間の外の時間は、残雪（ツァンシュエ）の翻訳を否応ない裏切りにし、慚愧（ざんき）に堪えない断念の連続にする。とはいえ時計を買い、それを見て首をかしげ、「まだ」と「もう」とのあいだで当惑しつづけるわれわれ奇妙な旅人も、たしかに、切り刻まれる以前のその豊かで濃密な時間の外の時間を知っている。宿のあるじが黍（きび）を蒸す一瞬のあいだに自分の一生を夢見た邯鄲（かんたん）の男のように。

「あんた、そんなに場所をとって」彼がふとんの中からくぐもった声でいった。「おれを壁に押しつけてるぞ。針は壁に掛かっている。空からは雨が降っていて、あんたはそんな

にいい気持ちでいるのに、おれは曠野をさまよい歩いて蠍（さそり）を踏んづけてしまった――」

女は明かりをつけ、朦朧（もうろう）とした両眼を大きく大きく見ひらいた。針は寝台の頭側のあの壁に掛かっており、ゴム管は見るも恐ろしく痙攣（けいれん）しながら中の液体を圧し出す。女が曠野に歩いていくと、そこには氷雨が降っていて、氷のかけらが木の上からツァッツァッと落ちてくる。体じゅうが耐えがたいほどむくみ、膨れた指から水が滲み出す。眠いというのに、まただれかが沼地でうめいているのが聞こえる。彼女はそのうめき声のする方へとよろよろと移動し、移動しながら眠っている。踏まれた水たまりのひとつひとつが痛ましい叫びをあげる。

男は確かに蠍を踏んづけてしまった。足の指はみるみる膨れあがり、赤い腫れがたちまち膝へと広がっていく。風が吹くとさまざまな形をした水たまりがティントンと鳴る。沼にはまった片足がどうしても抜けない。寂寞（じゃくまく）の中で、彼はあの恐ろしい足音が近づいてくるのを聞く。

「これは夢でしかない、おれ自身が望んだ夢！」男は大声で抗っている。彼女が近づいてくるのが怖い。

歩みは彼のかたわらで止まった。だが、だれもいない。この曠野はがらんとして人っ子ひとりいない。あの足音は彼の想像にすぎない。想像の足音がかたわらに止まっている。

見えない手がわざと彼の痛む足の指にさわる。逃げるに逃げられない。凍りついたうぶ毛が太い針のように一本一本逆立つ。

壁の掛け時計が最後の一回を打ったとたんに破裂し、歯車が小鳥の群れのように空中に飛んでいく。ねじれたゴム管は薄汚れた壁にへばりつき、床には沈痛な黒い血だまりができている。(了)

男が蠍を踏んだ曠野、女が歩いていった曠野はどこにあるのか。曠野の中に寓居があるのか、寓居の中に曠野があるのか。世界の中に曠野があるのか、曠野の中に世界があるのか。女と男は寓居の中で曠野の夢を見たのか、曠野の中で寓居の夢を見たのか。それともこのすべてが語り手の見た夢なのか。語り手の中に曠野があるのか、曠野の中に語り手がいるのか。残雪(ツァンシュエ)の小説は読む者をしばしば、中と外についてのはてしない自問自答に誘い、彼女が、二千年以上も昔にあの古びることのない謎を出した男の末裔であることを思いださせる。荘周が胡蝶になった夢を見たのか、それとも胡蝶が荘周になった夢を見ているのか。その謎はまだ解けていない。

われわれは残雪（ツァンシュエ）の小説の余白を埋めることができない。余白を、埋めたという感じで埋めることが、読むということなのだとしたら、われわれは残雪（ツァンシュエ）の小説を読むというよりもむしろ、見る。夢を見るように見るのである。そこに立ち現れる事物それ自体に、成す術もなくただじっと見入り、感じ入る。夢見ることの不思議さが、夢の個別の内容にではなく、虚無のただ中でなにかを見、それを感じるという経験自体にあるのならば、残雪（ツァンシュエ）の小説を見ることの不思議さもそこにある。それは人が、世界の中のなにかではなく、世界そのものに出会った始原のときを、はじめてなにかを感じた奇跡の瞬間を、くり返しなぞりつづける。おそらく、人は不思議に感じるのではない。感じることが不思議なのだ。この始原の不思議さ、不思議さの始原においてこそ、残雪（ツァンシュエ）の小説は夢と通底する。そこで読者は、足早に通りぬけるための世界にではなく、それに出会うために生まれてきた当の世界に出会い、じっとたたずむ。やがて「壁の掛け時計」が破裂し、女と男がそこから現れた虚無がふたたびふたりを呑み込むとしても、夢見る者にとって、そのやがて来るものの威嚇に満ちた、だからこそ不思議な世界の厚みに見入り、聞き入り、感じ入る以上に緊急のことなど、なにもないからである。

人は夢を見ながら夢を解かない。夢がわからなくなるのは目覚めたあとである。

本書は残雪『カッコウが鳴くあの一瞬』（近藤直子訳、河出書房新社、一九九一）の再刊です。

付録として、近藤直子『残雪―夜の語り手』（河出書房新社、一九九五）から「残雪（ツァンシュエ）―夜の語り手「曠野の中」を読む」を収録しました。

著者紹介

残雪（Can Xue　ツァンシュエ）

1953年、中国湖南省長沙市に生まれる。本名鄧小華（トンシヤオホア）。湖南日報社社長を務めた父親が1957年に「右派」認定、追放され、20年にわたり一家は様々な迫害を受ける。文化大革命の下、中学へは行けずに父が収監された監獄近くの小屋で一人暮らしを強いられた。工場勤務、結婚を経て、1980年代に創作を開始、雑誌に短篇を発表。『黄泥街』（86。白水社）は第一長篇。その作品は英語、日本語をはじめ各国語に翻訳され、世界的な評価を得た。創作と並行して、カフカ、ボルヘス、ダンテ、ゲーテ、カルヴィーノなどを論じ、批評活動も精力的に展開している。邦訳に『蒼老たる浮雲』（白水社近刊）、『カッコウが鳴くあの一瞬』（白水社）、『廊下に植えた林檎の木』『暗夜』（河出書房新社）、『突囲表演』（文藝春秋）、『かつて描かれたことのない境地』『最後の恋人』（平凡社）、評論『魂の城　カフカ解読』（平凡社）などがある。

訳者略歴

近藤直子（こんどう・なおこ）

1950年、新潟県生まれ。中国文学者。東京外国語大学英米語学科卒、東京都立大学大学院修士課程修了。日本大学文理学部中国語中国文化学科教授。2015年死去。著書に『残雪―夜の語り手』（河出書房新社）、『有狼的風景――読八十年代中国文学』（人民文学出版社）、訳書に残雪『黄泥街』『蒼老たる浮雲』『カッコウが鳴くあの一瞬』（以上白水社）、『暗夜』（河出書房新社）、『最後の恋人』『魂の城　カフカ解読』（平凡社）、瓊瑤『寒玉楼』『我的故事（わたしの物語）』（文藝春秋）などがある。

編集＝藤原編集室

本書は1991年に河出書房新社より刊行された。

白水uブックス　222

カッコウが鳴くあの一瞬

著　者　残雪（ツァンシュエ）
訳者©　近藤直子
発行者　及川直志
発行所　株式会社 白水社
東京都千代田区神田小川町 3-24
振替　00190-5-33228　〒101-0052
電話（03）3291-7811（営業部）
　　（03）3291-7821（編集部）
www.hakusuisha.co.jp

2019年4月25日　印刷
2019年5月20日　発行
本文印刷　株式会社精興社
表紙印刷　クリエイティブ弥那
製　　本　加瀬製本
Printed in Japan

ISBN978-4-560-09499-0

乱丁・落丁本は送料小社負担にてお取り替えいたします。

▷本書のスキャン、デジタル化等の無断複製は著作権法上での例外を除き禁じられています。本書を代行業者等の第三者に依頼してスキャンやデジタル化することはたとえ個人や家庭内での利用であっても著作権法上認められていません。

白水*u*ブックス

- u1〜u37 シェイクスピア全集 全37冊 小田島雄志訳
- u38〜u50 チボー家の人々 全13巻 ロジェ・マルタン・デュ・ガール 山内義雄訳 店村新次解説
- u51 ライ麦畑でつかまえて（アメリカ） サリンジャー／野崎孝訳
- u54 オートバイ（フランス） マンディアルグ／生田耕作訳
- u62 旅路の果て（アメリカ） バース／志村正雄訳
- u69 東方綺譚（フランス） ユルスナール／多田智満子訳
- u98 鍵のかかった部屋（アメリカ） オースター／柴田元幸訳
- u99 インド夜想曲（イタリア） タブッキ／須賀敦子訳
- u100 食べ放題（アメリカ） ヘムリー／小川高義訳
- u109 あそぶが勝ちよ（アメリカ） ラドニック／松岡和子訳
- u114 不死の人（アルゼンチン） ボルヘス／土岐恒二訳
- u115 遠い水平線（イタリア） タブッキ／須賀敦子訳
- u120 ある家族の会話（イタリア） ギンズブルグ／須賀敦子訳
- u122 中二階（アメリカ） ベイカー／岸本佐知子訳
- u123 イン・ザ・ペニー・アーケード（アメリカ） ミルハウザー／柴田元幸訳
- u125 逆さまゲーム（イタリア） タブッキ／須賀敦子訳
- u127 ワーニャ伯父さん（ロシア） チェーホフ／小田島雄志訳
- u130 レクイエム（イタリア） タブッキ／鈴木昭裕訳
- u132 豚の死なない日（アメリカ） ペック／金原瑞人訳
- u133 続・豚の死なない日（アメリカ） ペック／金原瑞人訳
- u134 供述によるとペレイラは……（イタリア） タブッキ／須賀敦子訳
- u136 人喰い鬼のお愉しみ（フランス） ペナック／中条省平訳
- u138 踏みはずし（フランス） リオ／堀江敏幸訳
- u143 シカゴ育ち（アメリカ） ダイベック／柴田元幸訳
- u146 真珠の耳飾りの少女（イギリス） シュヴァリエ／木下哲夫訳
- u147 イルカの歌（アメリカ） ヘス／金原瑞人訳
- u148 死んでいる（イギリス） クレイス／渡辺佐智江訳
- u149 戦場の一年（イタリア） ルッス／柴野均訳
- u150 黒い時計の旅（アメリカ） エリクソン／柴田元幸訳
- u152〜u157 カフカ・コレクション 池内紀訳
- u160 家なき鳥（アメリカ） ウィーラン／代田亜香子訳
- u161 片目のオオカミ（フランス） ペナック／末松氷海子訳
- u163 ペローの昔ばなし（フランス） ペロー／ドレ挿画／今野一雄訳
- u164〜u168 初版グリム童話集 全5冊 吉原高志・吉原素子訳
- u169 絹（イタリア） バリッコ／鈴木昭裕訳
- u170 海の上のピアニスト（イタリア） バリッコ／草皆伸子訳
- u172 ノリーのおわらない物語（アメリカ） ベイカー／岸本佐知子訳
- u173 セックスの哀しみ（アメリカ） ユアグロー／柴田元幸訳
- u174 ほとんど記憶のない女（アメリカ） デイヴィス／岸本佐知子訳
- u175 灯台守の話（イギリス） ウィンターソン／岸本佐知子訳
- u176 オレンジだけが果物じゃない（イギリス） ウィンターソン／岸本佐知子訳

白水*u*ブックス

- *u* 180 トマ／飛幡祐規訳　王妃に別れをつげて（フランス）
- *u* 182 マンガレリ／田久保麻理訳　おわりの雪（フランス）
- *u* 183 ベケット／安堂信也、高橋康也訳　ゴドーを待ちながら（フランス）
- *u* 184 ボーヴ／渋谷豊訳　ぼくのともだち（フランス）
- *u* 185 ロッジ／高儀進訳　交換教授—二つのキャンパスの物語（改訳）（イギリス）
- *u* 186 ディネセン／横山貞子訳　ピサへの道　七つのゴシック物語1（デンマーク）
- *u* 187 ディネセン／横山貞子訳　夢みる人びと　七つのゴシック物語2（デンマーク）
- *u* 188 オブライエン／大澤正佳訳　第三の警官（アイルランド）
- *u* 189 クーヴァー／越川芳明訳　ユニヴァーサル野球協会（アメリカ）
- *u* 193 チャトウィン／池内紀訳　ウッツ男爵—ある蒐集家の物語（イギリス）
- *u* 194 オブライエン／大澤正佳訳　スウィム・トゥー・バーズにて（アイルランド）
- *u* 195 クリストフ／堀茂樹訳　文盲—アゴタ・クリストフ自伝（フランス）
- *u* 196 ウォー／吉田健一訳　ピンフォールドの試練（イギリス）
- *u* 197 モディアノ／野村圭介訳　ある青春（フランス）
- *u* 198 クビーン／吉村博次、土肥美夫訳　裏面—ある幻想的な物語（オーストリア）
- *u* 199 サキ／和爾桃子訳　クローヴィス物語（イギリス）
- *u* 200 マッコイ／常盤新平訳　彼らは廃馬を撃つ（アメリカ）
- *u* 201 ペルッツ／前川道介訳　第三の魔弾（オーストリア）
- *u* 202 スパーク／永川玲二訳　死を忘れるな（イギリス）
- *u* 203 スパーク／岡照雄訳　ミス・ブロウディの青春（イギリス）
- *u* 204 サキ／和爾桃子訳　けだものと超けだもの（イギリス）
- *u* 205 ブリューソフ／草鹿外吉訳　南十字星共和国（ロシア）
- *u* 206 ゴドウィン／岡照雄訳　ケイレブ・ウィリアムズ（イギリス）
- *u* 207 カルヴィーノ／脇功訳　冬の夜ひとりの旅人が（イタリア）
- *u* 208 プイグ／安藤哲行訳　天使の恥部（アルゼンチン）
- *u* 209 デュレンマット／増本浩子訳　ギリシア人男性、ギリシア人女性を求む（スイス）
- *u* 210 カルヴィーノ／米川良夫訳　不在の騎士（イタリア）
- *u* 211 カルヴィーノ／米川良夫訳　木のぼり男爵（イタリア）
- *u* 213 オンダーチェ／福間健二訳　ビリー・ザ・キッド全仕事（カナダ）
- *u* 214 サキ／和爾桃子訳　平和の玩具（イギリス）
- *u* 215 ミハイル・ブルガーコフ／水野忠夫訳　劇場（ロシア）
- *u* 216 サキ／和爾桃子訳　四角い卵（イギリス）
- *u* 217 フランス／近藤矩子訳　ペンギンの島（フランス）
- *u* 218 シスネロス／くぼたのぞみ訳　マンゴー通り、ときどきさよなら（アメリカ）
- *u* 219 残雪／近藤直子訳　黄泥街（中国）
- *u* 220 ランドルフィ／米川良夫ほか訳　カフカの父親（イタリア）
- *u* 221 オブライエン／大澤正佳訳　ドーキー古文書（アイルランド）
- *u* 223 セプルベダ／河野万里子訳　カモメに飛ぶことを教えた猫（改版）（チリ）

エクス・リブリス

EXLIBRIS

■蘇童 著／飯塚容 訳

河・岸

文化大革命の時代、父と息子の十三年間にわたる船上生活と、少女への恋と性の目覚めを、少年の視点から伝奇的に描く。中国の実力派作家による、哀愁とユーモアが横溢する傑作長篇！

■遅子建 著／竹内良雄、土屋肇枝 訳

アルグン川の右岸

トナカイとともに山で生きるエヴェンキ族。民族の灯火が消えようとしている今、最後の酋長の妻が九十年の激動の人生を振り返る。三度の魯迅文学賞受賞作家が詩情豊かに描く。

■畢飛宇 著／飯塚容 訳

ブラインド・マッサージ

盲目のマッサージ師たちの奮闘と挫折、人間模様を生き生きと描いた中国二〇万部ベストセラー。茅盾文学賞受賞作品。映画化原作。

■郝景芳（ハオジンファン） 著／及川茜 訳

郝景芳短篇集

ヒューゴー賞受賞作ほか、社会格差や高齢化、医療問題など、中国社会の様々な問題を反映した、中国SF作家初の短篇集。全七篇。

黄泥街

◆残雪　近藤直子 訳

黄ばんだ灰色の空からはいつも真っ黒な灰が降り、ゴミと糞で溢れ、動物はやたらに気が狂う。汚穢にまみれ、時間の止まったような混沌の街で、ある男が夢の中で発した「王子光（ワンツーコアン）」という言葉が、すべての始まりだった。現代中国文学を代表する作家、残雪（ツァンシュエ）の第一長篇にして世界文学の最前線。残雪研究の第一人者でもある訳者の「わからないこと　残雪『黄泥街』試論」を併録。

［白水Uブックス］